愛情與雙重的墙

Love And Double Wall

王東岳 ——— 著

自　序

　　這是一本夾三而來的小說，它的構思是我在長篇小說《世界無聲了》初稿寫完一年後正在修改、快要定稿的二零二二年六月產生的，而它內部的動力則是源於這幾年來我在疫情中的經歷。新冠疫情是全人類的災難，小說整體雖然是虛構的，但許多細部都與我在鄭州和香港的經歷與見聞有關，它也幾乎是這個時代每個中國人的經歷，這些經歷帶有中國社會的特徵和烙印，與中國社會背後的諸多因素有關系，這些因素並未消失，仍然值得關注與反思。

　　己亥與庚子之交，新冠疫情在武漢爆發，很快席捲了中國，世界各處接著也有了疫情，那時我正在寫《阿德萊德》的初稿，時至今日三年已過，就在本書即將截稿前，中國大陸剛剛全面解封，此時經受的疫情爆發與一年前香港遭受的境遇有許多相似與不同之處，使我在修改此書時感慨良多。這本小說可以說早已儲

藏在體內，現在得以出來，令我感到釋然。

　　二零二二年六月至九月，我寫了本書的初稿，初稿最初十二萬字，後來刪改到了八萬字左右，那幾個月我在鄭州做老師，每天都奔馳在各個路上，趕去不同區域上課，車輪劃過閃動著白絲的水泥道路，像蒲扇一樣高高的藍色路牌從頭頂一一閃過，淮河路，汝河路，黃河路，長江路，每天把印著江河湖海名字的道路走個遍，一路上心裏縈繞著小說中主人公夜航與朱顏的生存危機，有什麼想法就隨手記下，上完課一回家就沉浸在他們苦澀而甜蜜的愛情中整理記錄與寫初稿。夜航要如何應對磨難並活著、如何愛，如何面對自我、如何照顧與幫助戀人，這對於那段時期的我來說是頭等大事。夜航身上蘊涵著我的精神理想，他的女友朱顏也是，他們活在這樣的世界中摸索前行著，知道如何苦中作樂，保持相對最真實的自我和最高的精神標準，不喪失作為人的珍貴之處，夜航作為詩人與時下許多詩人格格不入，可以說是當下詩歌界的另類，也可以說是我理想中的詩人，一個真正有追求的人，這源於他的精神氣息和他對生活深沉勇敢的態度。

　　這本小說因為直逼現實之故，我寫初稿時非常痛苦，這種痛苦是這三年來痛苦的濃縮，每天寫完三四千字就無法再向前推進了，精神像被分裂成了碎片，即將被吞噬前我急忙逃出來，在壓抑的房間裏吃水果、看書、來回踱步，晃蕩到晚上睡覺，直到第二天醒來再繼續下一個幾千字。二零二一年七月，我結識詩人森子後，讀了他的幾本詩集，後來又讀了一些其他當代詩人的詩，此後也開始寫一些詩，我沉浸在寫作本書初稿的痛苦中時，收到了刊登有我的詩的《江南詩》雜誌，是森子推薦給飛廉發表的，詩人飛廉在推薦語中說我是個冷峻的歌者，既有理想的溫情又有

現實之痛，令我認同並感受到了鼓勵。寫此書初稿的過程，仿佛是一個翹首期待、等待黎明的過程，或說是我伴著書中人物的生命經歷苦苦求索的過程。九月三十日晚上，從夜裏十二點到凌晨四點，我寫完了初稿的最後一部分。

　　鄭州十月十日左右開始封控的，鄭州發佈網沒有像以前一樣公告疫情情況，新聞中沒有疫情感染與蔓延狀況的具體消息，由於信息不透明，人們不知道發生了什麼，各種小道消息不斷湧出，政策很快越來越嚴苛，規定「一小區一政策」，各小區可以自主制定政策，因此每個小區比著看誰封得嚴，我們小區在十月十三日通報了一位從新疆回來未向社區報備的感染者，他因傳染他人而遭到判刑，十月十六日通告要求每戶到門崗領一張出入證並登記信息，每戶每天只能在早晨六點至中午十二點之間派一個人出小區採購一小時，十月十九日通告周邊道路皆已封閉，擅自突破隔離措施穿行的人將會被公安嚴厲打擊，十月二十日宣佈嚴禁在隔離圍擋處傳遞物品，憑工作證明可以從道路卡點通行，十月二十三日宣佈工作證明無效，所有門崗不進不出，然而我聽一些朋友說他們有通行證，有個跑業務的朋友說她認識一個搞工程的老闆，老闆有許多空白的志願者通行證，給了她一張，她填寫了姓名和身份證號，每天拿著穿梭各個街道的卡口，一路放行，還有個朋友當公務員，單位給他發了通行證，每天照樣外出。朋友們發消息互通情況，有朋友說他們小區發現了一例陽性，下樓在小區門口取買的菜時感染的，因此每棟樓除了做核酸外所有人都不許出樓門了，有人一出樓道就被巡邏的保安呵斥了回去，朋友說他二十天沒做核酸了，反正也出不去小區，黃碼什麼的隨便。我們小區每天上午有人用喇叭吆喝做核酸，這次封控後我也一次

都沒做過，但這次不像前一段時間了，前一段時間每隔一天做一次核酸時，有兩三次沒做馬上陌生電話打來催我去做，二零二二年九月我去廣東惠州，到達第一天防疫人員打來五次電話問詢，這次不做核酸也沒人打了，仿佛顧不過來了。

我經常中午才睡醒，醒來就趕緊用手機買菜，從十月二十二日開始只能在社區指定的超市買物資，微信群裏接龍購物的人多而混亂，我給老闆打電話叫他當場搭配，確定後趕緊轉錢給他。無法出門日久，便失去了日期和星期幾的概念，對幾點鐘卻更敏感了，因為過了下午統一送菜的時間超市就不配送了。後來才知道，周邊很多超市和熟食店實際上仍可以送物資，有幾個熟食店老闆為了做生意不被封在小區而直接住在了店裏，我於是常在一家熟食店買牛肉、紅腸、鴨腸和雞腿，並讓老闆幫忙採購水果和菜一起送到小區門口。掃樓道的大姐也被封在了我們小區，他侄子家有一大片養羊的地，殺了羊把肉送到小區門口，五十塊錢一斤，她向我對門鄰居胡姐推銷，胡姐問我要不要，我買了兩斤，肉雖然貴卻也新鮮，連吃了三頓。

從十月初到十二月底，我的收入因疫情與封控受到影響，房子的月供每個月卻要還，我在掙扎中仿佛一沉到底了，毫無希望感卻更感到活著的彌足珍貴。很快全國各地紛紛開始封控，到處流傳著有人跳樓了，視頻裏的人翻過陽臺欄杆一頭栽下去，伴著拍視頻的人眼看著卻無法阻止的尖叫聲，一聲巨大的悶響像隕石墜落在地上，看得人揪心，還有病人被保安攔著不能出小區去醫院而在樓下哀嚎的視頻，和有人在燥怒中殺了自己女朋友拍下的橫屍照片，轉發時為怕網路封禁而把消息編在層層的筆記框裏；有富士康工人步行回家的視頻，他們和我一樣也在鄭州，在同一

個寒冷蒼涼的天底下背著包步行回老家，做視頻的人故意配上歌曲「囚鳥」，看得人眼裏有淚要往外湧。然而熱鬧只是手機裏的，合上手機什麼都沒有，周遭是一無變化的空寂與死靜。我每天中午吃完飯修改兩三個小時初稿，而後坐在陽臺的椅子上對著樓下光禿禿的馬路發一會兒呆，或者合上眼睛一會兒，下午五點半下樓，和鄰居胡姐還有一樓開超市的兄弟打一個半小時的羽毛球。

天氣越來越冷，十一月四日小區解封了，然而通往外界的幾條道路依然封鎖，要出示通行證，仍然出不去這一小片區域，頂多在附近寂靜的天地間轉悠一會兒，沒地方可去，鄭州各個小區均是如此。從十一月二十五日全城又封控了五天，我們小區是從二十二日開始的。烏魯木齊大火之後，各地解封的呼聲一浪高過一浪，鄭州在十一月三十日全面解封，接下來從十二月七日開始接連出了「新十條」等系列文件，幾日內政策陡轉，全國解封，推翻了之前所有的防疫措施，包括那些溫和有效的部分，一時間到處是感染者，去超市買東西時幾乎所有人都在口罩下咳嗽著，說話帶著鼻音，藥品緊缺，瘋傳醫院已經擠滿無力收治的發熱病人，各地火葬場和殯儀館前排著長隊。我手頭還有三片布洛芬、四片對乙醯氨基酚和一些頭孢，十二月十二日我睡醒後感到有些發燒，是否是新冠我不知道，也沒有測，很可能是。快遞癱瘓，母親從深圳用圓通寄給我的藥我一直沒收到，直到現在都沒有收到，用順豐寄來的四副中藥十天之後收到的。我不分晝夜地睡，不怎麼咳嗽，胸口也不悶，只是嗜睡。我認識的朋友幾乎全感染了，有喉嚨疼得一吞咽就像劃在刀刃上的，有味覺完全喪失的，有不斷咳嗽濃痰不止的，有嘔吐反胃不想進食的，各人症狀都不一樣。四五天後，我大夢初醒一般恢復過來了，雙眼迷離像又回

到了人間。

　　十幾天後的十二月三十一日，我修改完了這本小說，這本書的產生，是疫情之中令我溫暖的為數不多的事情之一，它不只是我寫給自己的，更是寫給在這時代生活過的每一個人的。

王東岳

2023 年 1 月 5 日

目次
Contents

第一章

1

　　夜航跟在穿著厚厚的迷彩大衣和黑色制服褲子的保安身後，走出航站樓時，長長的一道冰冷刺眼的陽光正好越過斜上方的拱橋和玻璃，鋪在他的身前，和來接他的救護車車輪旁邊的地上。二零二一年末，新冠疫情肆虐，夜航因為從香港回到中國大陸，下飛機後無法走普通出口，一個穿白大褂的人帶領他穿過一群閃著熠熠冷光的空蕩蕩的鐵椅子，穿過白屏風圍成的迷宮似的通道，繞至左側境外入境申報區，他把身份證件交給工作人員後，就坐下來開始等待。

　　社區來接他的保安又打來電話了，生怕他跑了似的催問他為什麼還沒有出來。他起身把手機遞給躲在弧形櫃檯後身著龐大臃腫的防護服的辦事員，問讓社區保安到哪兒接他，辦事員一見到他手裏的手機，就像見了肉眼可見的病毒，忙向後仰躲著，他識趣地打開免提，辦事員遠遠地斜著眼說，T2 航站樓，C 出口外，負一層。

　　他被獲准向下一個環節移動了。他再次在一個桌子上填寫了一遍同樣的個人信息，這時見到了出門外的保安，他拎著提包背著背包，跟在保安身後上了救護車。

　　一年多以前，夜航僅帶著幾件換洗的衣服和筆記本電腦去的香港。救護車老舊不堪，原本深棕色的皮椅多處已經褪色成淺灰色，漆皮上滿是像被手指摳爛的大小窟窿，車尾有兩個裝油漆的

白桶，令人懷疑這救護車不只拉人，還拉貨。前方司機的駕駛位用玻璃窗和鐵皮牆與夜航隔開，司機從前方駕駛座說了句什麼，夜航完全無法聽清，他仿佛坐在後方的囚車裏，唯一的區別是沒有人挨坐著押著他。

社區保安上了另外一輛車，在前面帶路，車廂猛一搖晃，發動了，夜航險些摔倒，他雙腳鉤住地板，手按緊座椅，毛絨絨的滿手的灰，兩邊座椅上全是厚厚的浮塵，破舊的車殼像塵封了多年從海底撈上來的，四壁鐵架上長著堅硬的千瘡百孔的鐵銹。

車子在機場高速疾馳，窗外楊樹的枯枝與身下暗黃的枯草一起快速移動著，遠處是暗灰色不辨深淺的天與樓。天將傍晚時，車到達了幽林寺旁邊的臨湖小區，上了寺院南門前的一個矮坡，停在了甬道上擋車的水泥圓墩前，墩子前站著去接他的保安，還有另一個保安。

他興奮地拉開車門，背好背包拎好提袋跳下車。北方冬天乾冷的風瞬間撲在他的臉上，灌進他的脖領，司機下車後用河南話說，你這出國上學的，連車門都不知道關，說完砰地把後車門合上了，夜航想說去的是香港，沒有出國，卻沒吭聲。

終於回家了，回到小區樓下了，母親正在樓上等著他。雖然周圍乾燥的冷空氣裏泛著一股淡淡的隱隱的然而又持續的煙味，與潮濕的香港完全不同，遠處羅莊電廠高高的煙囪頂端，又亮起了一圈每到晚上就亮起的紫紅色彩燈，大塊的濃雲一般流速極快的煙，正從彩燈上方往上冒著，夜航心裏仍然很興奮，他拿出手機對著周圍轉了一圈，拍了個視頻，然後背著包走到大門口。保安攔下了他，讓他填寫隔離通知單，填完後，保安領他上了樓，他們已經在他家門邊的牆上貼好了重點人員管控表、代購服務記

錄表和生活垃圾清運記錄表。

　　他打開家門，母親正在客廳望著他，他顫抖著喊了一聲媽，但還沒等母親回應，保安又硬生生地攔在門口說，不許出門，想買什麼就發消息，我們給你買好放在家門口，你把錢轉給我們，另外，給你做核酸的人來之前會通知你。夜航說我知道，我回來之前你們就說過。

　　就在今天中午，夜航在深圳住滿十四天，解除了酒店隔離，他被深圳疫情指揮部賦予了二十四小時的僅限於廣東的臨時綠碼，他馬不停蹄地趕往機場，上飛機前，臨湖社區的物業管家周華、社區書記和社區刑警隊長等八個人建了一個叫「臨湖社區境外返回專班」的微信群，把他拉了進去，幾人轟炸一般，在群裏相互提勁和呼應著，他僅給周華發了消息，說即將登機，在群裏卻一聲未吭。夜航家小區位於殷京市西南郊幽林湖與幽林寺旁新開發的區域，隸屬於殷京下的星城互陽市朱乙鎮，殷京位於河南中北部，黃河自西向東穿過其北郊，幽林湖片區十年前規劃時，承諾幾年後會發展成依附於千畝幽林的新興居民區和旅遊區，這幾年卻因房地產遭受壓制，加之疫情封控，民間商業凋敝，使這一帶區域空空曠曠，入住率極低，小區的物業便和社區合併在了一起。

　　保安終於走了，夜航關上門，母親站在他身邊，望著他說，一路上可累壞兒子了，夜航忙邊換鞋邊說不累。

　　母親真的顯老了，頭髮灰白了多半，臉兩側的肉艱難地下垂著，眼瞼旁細密的皺紋也越發明顯了，他雖然一年半以前的八月底去香港前還和母親在一起，但對母親已然變老的事實，此刻卻感受格外真切。

他從母親身旁小心地走過，把背包摘下，連同提包一起放在了沙發上。父親和母親已離異多年，這所房子是十幾年前他們離婚之前，此處剛開發時父親買的。母親很少提起父親，夜航雖然知道父親在世，仿佛在哪里做著生意，卻許久沒見過他了，他從不想念父親，自從上中學起，母親就獨自帶著他生活，沒有再婚。

　　夜航坐在沙發上，望著這離開了半年的客廳，客廳不大，一張靛藍色粗麻布沙發，沙發前是矮茶几，牆上一個壁掛電視，窗邊一張榻榻米床，窗外空曠的遠處是樓與寺殿模糊的黑影，客廳幽暗，淺藍的牆上塗著晚霞若有若無的一抹乳紅色，母親此刻仿佛才想起開燈來，頭頂雪白的吊燈一亮，屋子裏立刻有了家的感覺。

　　母親走到夜航身邊，把他提包裏的衣服一件件取出來擺在沙發上，嗔怒似的皺起眉苦笑著說，看你受多大罪，酒店隔離完，還要回家隔離，你先在香港上著班兒，等個一年半載，這一切結束了，能正常通關了，再回來多好。

　　母親身子矮矮的，仍穿著那件從他上高二時就開始穿的，多年來一直沒扔的棗紅色毛衣，整潔樸素而陳舊的顏色，罩在她佝僂的脊背上。

　　夜航說沒事，我在香港都呆了一年多了，況且按目前情況，誰知道什麼時候才能通關。他嘴上這麼說，心中卻也挺難過，這趟回家，在深圳被安排的酒店隔離，足足花去了他七千多塊錢。

　　夜航自從十月份拿到碩士學位，在香港顛沛流離了三個月，申請下 IANG 簽證後，面試過幾家傳媒公司、企業與刊物，談完之後，人家讓他回去等待消息，卻都沒有了音信。他是大陸人，不會講粵語，香港企業大都不願接受，中企因為每年滯留香港找

工作的大陸人日益增多，人員多數也已經飽和。

半個月前，他與一家保安公司的老闆談妥，若他能在大陸戶籍地開具無犯罪證明，報讀完香港十四天的上崗培訓課，即可以安排他工作，但多半會派他去殯儀館、墓地或廢棄工廠等偏遠的地方守門崗，問他能否接受，夜航想偏遠的地方更好，不會遇見熟人，而且沒有太多的事務，更可以安靜地看書寫東西，因此即刻就答應了，但他想先回一趟般京的家，雖然母親能在般京去派出所代他開具無犯罪證明，他仍想回家看看母親，過完年再來香港培訓上崗，對方也應允了。

母親言語雖有嗔怪，卻遮擋不住目光中對他的掛念。母親把他的衣服湊在鼻子上聞了聞，確認穿過，該洗了，就抱去了洗衣機，不一會兒，母親把藤椒燒雞、金針菇燉牛肉、玉米麵糊粥與蒸好的夾著芝麻香油和豬肉末的花卷兒端上了茶几，母親叫他坐在沙發上，自己卻坐在了茶几對面的矮椅子上。

母親素來討厭夜航喝酒，此刻竟放了一瓶烏蘇啤酒在桌上，夜航心裏一抖，笑著說，媽，給你添麻煩了，還要跟我一起居家隔離，母親卻說，我本來就退休了不用上班，隔不隔離沒什麼，況且又是在家。

夜航打開啤酒，拘謹地說，媽，你喝不喝，母親說我不喝，你喝罷。

母親微微翻了一下眼皮，又垂下眼睛，夾起菜無聲地吃著。夜航把酒瓶湊在嘴邊，喝了一口，他已經一年多沒吃過家裏的飯了，花卷嚼在嘴裏，喧騰騰的，自家和的面捏成的濃郁的味道，既熟悉又陌生，夜航仿佛風餐露宿了太久，在香港獨自一人饑一頓飽一頓的生活，瞬間化成衝動湧上頭頂，他幾乎要落下淚來。

他趕緊用花卷把淚噎回去，在母親面前大口喝著烏蘇啤酒，吃著燒雞，邊吃邊說，真好吃，母親時不時抬一下頭，對他說一聲別噎著，慢一點兒，像在配合著他，瞬間，他們又像回到了往昔。

吃完飯，洗衣機轟隆隆聲響起，母親開始洗衣服，他本想去幫忙，但一走進臥室，奔波了一天的身體一挨著寬大的床板，立刻像找著了歸宿，癱軟下來。

他給在香港剛談上的女朋友，去年同在創意寫作專業讀碩士的大陸女孩兒朱顏發了一條問候消息。朱顏畢業後也未找到工作，她近來參加了大學的短期雅思班，準備一邊在香港找工作，一邊繼續申請讀博，她收到消息，即刻回復說，我遞交的論文，還要雅思老師面授批改一回，一弄完，我就從深圳灣回大陸，你在家好好睡覺。夜航道罷晚安，合上手機，很快就墜入了沉沉的睡夢。

2

　　第二天睡醒，夜航一拉開臥室窗簾，立刻被如噩夢一般巨大的亮金色刺痛了眼球。陽光仿佛凝結成了固體，既明亮，卻又無比蒼黃，灰濛濛的霧霾化成數不盡的碎小顆粒，天地間充滿乾裂耀眼的令人窒息的顏色。

　　樓下前方，始建於東漢的幽林寺的南門前，凍土上垢著稀稀落落乾硬的雪痕，今天是二零二二年的元旦，寺內遠處的土坡上穿梭著來往上香的小小的人影，周邊新開發的樓盤緊逼著寺西的院牆與寺北的道路，使這座原本與少林寺、竹林寺並稱作「天中三林」的名剎，如今成了僅服務於朱乙鎮一方村民的當地小廟。寺門邊去年洪水時被衝垮的院牆仍然斷裂著，院牆後被沖歪的大片柏樹，一蓬蓬枯枝半死不活地斜趴在土地上，院牆前的一杆紅旗旁邊用綠網圍起來的自留地裏，因未與政府談攏賠償款而仍睡在地頭油布帳篷裏的患了癌症的老頭一大早已經起床，正在給菠菜鬆土，從寺門前曾經滿載著工業與生活污水而如今已經乾涸的孔河裏引出的澆水皮管，此刻像一條乾癟死去的長蛇，軟塌塌地僵臥在碎石與黃土之間。被洪水衝垮了護欄僅剩下水泥板的窄橋橫在孔河上，河邊的散步道上糊滿了洪水時的淤泥，泥土中間偶爾裸露出一段歪扭的臺階和小路，黑楊樹高聳的枯枝像凝固的灰煙，從河沿密匝匝地伸向左側的路橋，延伸向遠方。

　　夜航迷迷瞪瞪，仍很疲憊，和母親一起吃罷早飯，回到臥室

又合起眼躺了一上午。似睡非睡之間，物業管家周華打來電話，叫他重新發送一次在深圳解除集中隔離的通知單，他又拍一次圖片，發給了周華，過一會兒周華又打來了電話，說社區人員說單子不合規範，要交這種格式的，說罷發來了一個樣圖，夜航說，在深圳解除隔離時，他們出具的就是這張，昨天我回來之前發給過你，你沒說不合規範，周華說，那你直接打社區人員孫迪的電話，跟他說罷，說著報了個號碼。

夜航就怕他們這樣，他此次回殷京，一直是跟物業周華對接遞送他們索要的文件的，他怕誰都來指手畫腳，對他行使權力，遇事卻又都相互推諉，因此只與周華一人聯絡。他說，周華，要問你問，深圳防疫指揮中心開的證明，你卻說不合規範，那你該找他們詢問，找我做什麼，周華說，行，我再問問社區。夜航心緒煩悶，掛斷電話，無精打采地又躺回了床上。

他看了一下午《奧登詩選》，直到下午五點，天將擦黑，窗外幽藍昏暗的夜空已經覆蓋大地，遠近樓的屋脊與幽林寺大雄寶殿的蓮花金頂俱已融入暗夜，不辨了輪廓，天邊鮮豔的霞光也越變越暗，幾乎被黑夜吞噬之時，他又接到一個電話，對方說我是社區孫迪，鎮裏給我下通知了，他們下午一點多跟互陽疫情防控辦協商過你的事情，三點多的時候，互陽疫情防控辦說協商不了，因為你是從陸地回大陸的，不是坐飛機入境的，所以必須再去集中隔離七天。

夜航一聽，轟地一下房頂和地板從下而上旋轉起來，他支吾著急切地說，互陽屬於殷京，你們不能跟殷京市的政策相違背，我回大陸前專門跟殷京市防疫中心打過電話，十四天的集中隔離是在第一落地點，隔離完回到居住地是居家隔離，不是再拉到酒

店集中隔離。

　　孫迪說，你打電話問過？夜航說，是，我還錄了音，孫迪說，那行，你把錄音發我。

　　夜航氣得直哆嗦，他說，你們都是政策執行者，知道政策是什麼，你們不能昨天才把我拉回家，今天又反悔這樣對我，我是個寫詩的人，也認識很多律師和記者，中國是有法律的國家，孫迪卻不鹹不淡地說，我只是把情況反映給你，不敢向你保證，既然這樣，我再向上面反映一下。

　　夜航被恐懼感壓在鼻孔上，無法順利呼吸，情急之下，他竟拿寫詩說事兒，還什麼律師，什麼記者的，現在哪個記者會報導這些事，他因語無倫次暴露了恐懼而深感羞恥。

　　勢頭不妙，很快周華又打電話來，說，社區一會兒就派人上門給你做核酸了。

　　回殷京前，周華對夜航說過要做四次核酸，每次二百三十塊錢，夜航忙問，這是第一次嗎，周華說不知道算不算第一次，夜航說，什麼叫算不算，你來一次是要我交一次錢的，怎麼又說不算，周華說，你打電話問社區罷，夜航說，不，我一直是跟你對接的，現在還是。

　　掛斷電話後，夜航發現找不到從香港打給殷京防疫中心的電話錄音了，也許忘記錄音了。他趕緊又打，打了好幾遍，終於打通了，他說，我從香港回的大陸，在深圳酒店隔離完十四天了，回殷京需要居家隔離幾天，對方說，七天居家隔離，七天健康監測，他又問，期間做幾次核酸，對方說，入殷京時提供一次，到達殷京後，十四天內做兩次，每七天間隔做一次。

　　是兩次，根本不是四次。

才一掛斷，護士緊跟著就打來電話了，與他確認過住址後，護士說社區書記也在路上，她正等著與他一起去。

　　夜航聽罷，立刻如泰山壓頂，社區書記來了之後，他如果說話不慎，與他們起了爭執，恐怕更會被拉去集中隔離，他在新聞中看到過類似的案例，也聽人說起過回老家本該隔離一周，卻被拉走隔離了一個多月的事，他生怕這樣的事發生在自己身上，深圳十四天酒店隔離已使他非常痛苦。

　　十五天前，他在深圳灣口岸過關進入大陸後，工作人員聽他說要去殷京，就在他胳膊上貼上了寫著「保安三」的標籤，叫他去外面的區域等著。大巴車來了之後，把他直接拉到了寶安區維也納酒店，他在樓下填了一堆「你有精神病嗎」、「你想自殺嗎」的表格，就被安排上了三樓，出了電梯，一個全身白衣服看不到臉的像太空人似的人，坐在門外小桌子邊上，看了看他的證件，領著他去了房間，走廊每個門口都有一個塑膠凳子，上面放著盆子，太空人給他打開門，說了句垃圾扔在盆裏就走了，他忙問，隔離哪天結束，對方頭也不回地說，打電話問防疫指揮部。他就這樣稀裏糊塗地開始了隔離。

　　房間很大，但窗戶極小，僅能開一個小縫，他打開窗，鼻子伸到小縫上，吸著外面的空氣，窗外是樓剛拆完的一馬平川的廢墟，左側大街上，汽車和電動車來往行駛著，他想沖出去，到深圳大街上逛一圈兒，他沒有犯任何罪，僅因為從香港回來，就要在這裏被關上十四天，為什麼，回答他的只有窗外微弱的風聲。

　　房間裏有一張估計能睡四個人的極大的床，廁所也很寬大，房費一天三百五十塊錢，餐費一天九十八塊錢，隔離十四天要花幾千塊錢。屋裏味道很大，墻上的木欄和衣櫃、地毯仿佛全都是

簇新的，佈滿微微泛起的灰白色，仿佛剛裝修完，上完漆，他打電話問前臺，得知並不是剛裝修完，而是消毒水的味道。他仔細一聞，確實，整個屋子都在被消毒液噴灑和漂白後的顏色與氣味裏，因此給他剛施完工的錯覺，第二天早晨八點，有人敲門來給他做核酸，而後每隔一天，就有人來做一次，刺鼻的針一般的細棒，絮進鼻孔深處猛然一刺，鼻眼酸痛，登時眼裏就擠出痛苦的淚水。

早晨，有人把盒飯丟在門外的盆裏，敲一下門就走了，他打開盒子，裏面一小塊紅薯，幾根寬米粉和醃鹹蘿蔔塊，還有一盒黃綠的清湯，湯裏一丁點兒菜或玉米或骨頭或肉都沒有，看不出是什麼湯，喝著又乾又燙，沒有味道，連鹹味都沒有，他疑心是刷鍋水，不敢再喝。中午送來的是火車上盒飯一樣的飯，左面槽裏是染得豔青似的青菜，中間是幾塊滿是肥筋肥肉的炒豬肉，全都沒有鹹味，更別說香味。他打電話問前臺能不能叫外賣，前臺說能，他立刻叫停了這九十八元卻幾乎一無所有的飯，晚上，他點了個外賣餃子，香香的醋味一入口中，就像重逢失散了多年的老朋友，令他既興奮又感慨，香港有很多中餐館，卻和他習慣的大陸菜味道並不相同。然而，接連幾天點外賣，很快又像回到以前，油膩的苦瓜炒蛋，在嘴裏打著滑，他懷疑油的品質，每吃一片前，都先在一次性杯子裏用水蘸洗，很快，杯子裏滿是青黃油膩的渾濁顏色，他乾脆把飯盒拿去盥洗室的洗臉池上，用水管裏的水沖洗著，直到把油全澆走，但苦瓜也沒了鹹味。

他勉強吃著，熬著十四天的時間，為了保持精神，他每天在窗前地毯上光著腳對著窗外原地踢腿跑步，他不斷用掌閱聽書，聽完了馬爾克斯的《族長的秋天》和鄧曉芒的《新批判主義》，他

已經無法區分白天和黑夜，雖然窗外白天有亮光，晚上漆黑，但全都像顏色變動的畫布，白天的窗外，天有時明豔有時陰沉，有時微雨，雨後又會呈現鮮明與洗練的顏色，他卻無法走進那些變化的光線裏。他本來可以在深圳隔離十四天後，把七天居家隔離也在深圳酒店度過，那樣的話，回殷京前就不用告知社區，回來也不用再居家隔離了，但酒店價錢昂貴，況且家裏畢竟比酒店裏舒服，母親也願意他既回來了就早點回家，因此他在深圳一呆完十四天，就急匆匆趕回了殷京。

此刻，夜航在臥室床尾窄窄的胡桃木地板上焦急地踱著步，臥室像一口封閉的大鍋，裏面的水溫隨著火不斷地燃燒而越來越高，他像鍋裏的一條出不去的魚，明知道要烹死他，卻在死期將至時毫無辦法，只是瘋狂焦慮地來回遊動著。

怎麼辦，他來回走著喃喃地說，不行，不能坐以待斃。

他又給周華打去電話，他說，我居家隔離是你們決定的，是你們去機場把我接回來的，周華說，是，他雖然很緊張，頭上像壓著一座大山，但他沉下即將顫抖的聲調，即將語無倫次時，竭力把思路和言語捋清晰，他說，我一切都在配合你們，你們每一步的安排我都在遵守著，我回來之前，你們要的材料我全都遞交給你了，我也有證據，如果我的情況真的不符合居家隔離要求，你們壓根就不該拉我回來，應該把我直接拉到集中隔離點，這說明你們昨天拉我回來就是個錯誤決策，你們把不該居家隔離的人安排成了居家隔離，造成了疫情傳播風險，這是嚴重失職，——所以我想，我應該是符合居家隔離要求的，不然你們也不會把我拉回來了，是吧？

周華仿佛也覺察出了不對勁兒，立刻緊張了，趕緊說，當時

我跟社區報備，把你的情況全都對他們說過，社區說的讓你居家隔離。

夜航聽出了周華的恐懼，像突然知道該怎麼對付他們了似的，他心提到了喉嚨眼兒，他也不清楚自己怎麼就說出了這樣的話，但看來管用。

夜航雖來不及多想，但此刻至少敏銳地發覺了這一點——他們怕擔責任。是啊，他們嘴上說防疫重要，若果真如此，為何反復無常，不怕被感染似的一趟趟折騰他，把好好隔離著的他，又要拖去別的地方重新隔離？母親怎麼辦？他們把他拖走，一定也會把母親拖走。

夜航明朗了該如何對付他們，他決定採取攻勢，不讓他們為所欲為。他找到昨天回到小區門口時拍下的視頻，裏面有站在門崗接他的保安，他拍視頻的本意，是出自回歸故鄉的興奮，為了給自己留個紀念，沒想到卻以這樣的方式派上了用場，視頻裏保安接他時沒有穿防護服，只穿著個大棉襖，他決定利用這一點來回擊他們。接著，他把剛才與股京防疫中心和與周華的通話錄音集中在一起，用手機錄屏，一一點開播放，邊播放邊解釋，做成了一個視頻，發到了小區業主群裏，他仍不放心，怕人們不點開觀看，恐懼使他豁出去了，為了保護自己，他又在群裏直接發語音，講述來龍去脈，說自己會嚴格遵守防疫要求，不會踏出家門半步，請各位業主監督，並說他要求按政策只做兩次核酸，不做四次，也請業主監督社區，一起遵守政策。

周華本來正在群裏與物業的幾人輪番攛掇業主，在物業服務滿意度的問卷上為他們勾選非常滿意，在夜航發了錄屏和語音後，他們驟然無聲了，過一會兒，有個夜航不認識的業主發了個

伸大拇指的表情和堅決反對私刑幾個字，就沒人說話了。周華、孫迪、護士還有即將到來的社區書記等人，頃刻像褪去的潮水，悄無聲息了。

接下來的一個小時裏，沒有人再給夜航打電話。他給護士打電話，詢問找到地方沒有，護士含含糊糊地說，我得問問社區書記，剛才沒有聯繫上他，問完之後才能決定去不去。他立刻就懂了，知道護士今天應該不會來了。他鬆了半口氣，連忙說好，掛斷電話後，被揪著的心跳，終於漸漸鬆綁了。

晚上七點半多，社區書記打來了電話，一接通就說，我們是遵照互陽疫情防控指揮部對境外返回人員的政策，對你實施管理的，不是殷京的政策，香港也算境外返回，你應該做四次核酸，不是兩次，你如果有疑問，可以打電話給互陽疫情防控指揮部，拿殷京市的政策對他們講解，叫他們給你解釋。

夜航聽出他們至少不準備拉走他集中隔離了，遂吐了一口氣，完全鬆懈下來，但他仍不敢表現出語氣的太多變化，他冷淡而矜持地聽著，既然這樣，他也不準備再與社區牽扯，他不願意得罪他們太狠，雖然互陽是殷京的區域，屬於殷京管轄，但四次就四次罷，不再聽到他們的聲音，是他最想要的結果。他見好就收地說了聲行，兩下都不再言語，掛斷了電話。

他疲憊地躺在床上，睜著眼，一言不發地望著窗外的夜空，母親也在業主群裏，想必是看見了他發的消息，母親將他的臥室門敲開一個縫隙，憂心忡忡地低聲問，剛才咋了？他說沒事，他們想拉我去集中隔離，現在沒事了。

他難堪地草草說著。他與母親在家的氛圍素來如此，雖然他很愛母親，但長達二十幾年的接觸，使他沒辦法再對母親說任何

煽情的話，雖然他討厭與母親說話時不耐煩的自己，但一直以來他們所形成的氛圍已經難以改變。母親見狀不再多問，只悄聲說了句，出來吃飯吧，就又把他的臥室門掩上了，他雙肘撐著床沿坐起，去客廳扒拉了幾口飯，心緒蕭索地和母親簡單聊了幾句，就又回到了臥房。

　　接下來的十四天，社區和物業的人沒有再來騷擾夜航。社區的孫迪雖然嘴上說要他做四次核酸，實際上也只讓護士上門了兩次，每次並未按之前說的，收取兩百三十塊錢，而是收了一百三十塊，但這樣的勝利，卻只讓夜航感到悲哀。

　　他心裏梗得厲害。用善良的方式好好地說話卻不行，非得用這樣的辦法，說連他自己都討厭的話，讓他們害怕了，才能遏止住他們。雖然夜航根本沒有作惡，而僅僅是在自保，但這種做法與他的心靈隔膜甚深，令他十分不舒服。

　　每天早晨一起床，窗外就是一派灰濛濛滿是霧霾的金黃色的陽光，萬物都印上了這既灰又金的無處躲藏的空洞之色。

　　這十四天中，夜航每天和朱顏有一搭沒一搭地相互問候著，這幾乎成了他這一段痛苦時光中唯一的希望。他剛和朱顏談上戀愛，就在他回大陸前的一個月裏，他們才確定了關係，像許多剛開始戀情就不得不短暫分開兩地的情侶，他們在每天的問候中，保持著激動與新鮮的氛圍，保持著既緩慢上升，又愈發濃烈的熱情，他們說的每一句甜蜜又矜持的話，都令夜航回味良久。

　　朱顏說，寒假你乾脆來我家過年吧，夜航按捺著喜悅，說，我得問問我媽，我爸媽很多年前就離婚了，過年我媽一個人在家很可憐，要不你來我家也行。兩人忽而計畫在大陸見面，忽而又說起回香港後，如何一起去爬麥理浩徑，這些幻想不斷沖淡著他

居家隔離中的苦悶。

　　然而，雖說是七天隔離和七天居家健康監測，後七天社區也讓他嚴格隔離，並把健康監測的「非必要不外出」解釋成了只有大病需要急診或住院才叫必要。他和母親依然不能出門。凡採購都要讓物業周華買好，放到家門口，他或母親把錢轉給周華。

　　朱顏說，我沒有預約成功從深圳灣回大陸的名額，香港新界葵湧今天查出了幾十例奧密克戎病例，據說有許多條傳播鏈，深圳灣和珠海口岸每天只有兩千個回大陸的名額，網上一出來就被人搶光了，我今晚再試試，一過十二點，我就搶明天的。

　　然而第二天晚上，夜航收到朱顏的微信電話時，朱顏卻答非所問，吞吞吐吐，半晌也說不明白一句話。夜航有不好的預感，趕忙問她怎麼了，朱顏支吾許久，終於說，我染上奧密克戎了。

　　夜航一聽，頓時愣住了。什麼，你染上——什麼了？

　　朱顏沒吭。夜航又焦急地喂了一聲，然而這時，他反應過來了，他顫聲說，你，怎麼回事，你染上——奧密克戎了？

　　朱顏以輕微的喘息聲，在電話裏回應著他。

　　夜航瞬間頭頂旋轉著一片赤裸的空白，張開的嘴像是被猛地撕開的一道裂口。

　　他怔怔地對著臥室白色的墙和棕色的床頭，遲疑了一下，又連忙問，什麼時候染上的？

　　朱顏低沉著聲音說，今天測核酸的時候，測出來的。

　　夜航分明聽清了朱顏的話，然而他仍然像不知道其中的含義似的，語無倫次地說，——怎麼辦，有藥沒有？

　　朱顏仿佛強忍著將要哭出來的顫抖，小聲哆嗦著說，沒有，我的哮喘藥也馬上吃完了，明天還得去買。

夜航就像被人掐住了脖子，他說，那怎麼辦，我趕緊幫你問問，給你寄藥去香港罷，或者，我回香港找你去。

朱顏說，別傻了，夜航說，真的，我回去照顧你，朱顏遲疑了片刻，說，不，你別來，我會傳染你的。

夜航一聽，就像社區的周華、孫迪這幫人重新席捲上來了，變成陰雲一般的大山，又壓到了他頭上，事情的意義開始緊縮著包圍他，他揪著頭髮，捶著頭頂。

朱顏在電話裏哭了，她說，我好害怕，我該怎麼辦？

夜航說，先別怕，我先給你問問快遞如何寄藥到香港。

夜航搜索順豐快遞的電話號碼。完了，她染上新冠了。

他站在窗前，給順豐快遞打電話，順豐的人說無法寄藥到香港，他問，如果真的需要寄，需要什麼手續？對面說，什麼手續也不行，順豐往香港所有的藥品都不能寄，藥品屬於違禁品，你要不問問郵政，郵政估計也夠嗆。

他打電話給郵政 EMS，郵政的人說，寄藥需要藥監許可、經營許可和出口證明才能寄，而且僅限於保健品，中藥、西藥都不能寄，更別說新冠藥了。

夜航愁苦地望著窗外，黑暗中，遠處的一座座模糊的樓，像海底錯落而巋然不動的岩石，幾扇窗戶飄出微弱的黃色燈光，像打在水面上的遙遠的反光。他睜大眼睛，望著黑夜。他又連著打了好幾個其他快遞的電話，都說無法寄藥去香港。

他手支大腿，坐在漆黑的臥室裏的床上，朱顏染上奧密克戎的事實，仍如不斷出現的閃電，在擊打他。他呆坐著陷於震驚，一次次重新意識到事態的嚴重。他抬頭四顧，驚詫地將要跳起來時，卻又坐直了身子，良久無法相信這是事實。

不行，我得去香港照顧她。

但一想到此，最近的經歷又開始如鬼影一般在頭上旋轉了。他壓抑著恐懼，定定地睜大眼睛，瞪著黑暗中的夜色，努力從目光中露出僵直的兇狠。

不行，我要去照顧她，不行。

他沒有與母親道晚安，趁著客廳沒聲音，悄悄上了個廁所，又回到臥室插上了門。

他感到困倦與愁苦，心口像紮在一根針尖上，針尖從四面八方紮向他，酸腫的眼皮緊貼著他的臉。懷揣著這個重大變故，他無法失去意識進入睡眠，有好幾次快睡著了，卻又突然驚跳似的睜開了雙眼。

他艱難地翻了個身，越累，越像被錘進土裏的石頭，把周圍砸出許多飛沫，頑石本身卻難以敲碎、分解。

終於捱到了天亮。這天是他回殷京後隔離的第十四天，他一睡醒就給周華打電話，說隔離已經結束了，我可以出去了吧？

周華說，一會兒我就給你遞過去一張隔離解除通知單。

他急切地在家等著。他拉開窗簾，下雪了，窗口的近處，毛茸茸大顆的雪片仿佛凝固成了可見顆粒的霧霾，漫無方向地在空中打著旋兒，混亂地飛卷、衝撞著，亂舞了好一會兒才往下飄，遠處的雪卻令他眼花繚亂，像細密模糊的雨線，一齊朝著風刮去的方向，飛速地斜向下降落著。

半上午時，他聽到敲門聲，忙去開門，周華在門外遞給他一張紙，他如獲至寶，合上門看著這紙，上面寫著的隔離時間，是十二月三十一至一月六號，然而今天已經一月十三號了。他們連隔離了他十四天都不敢承認，還要撒謊說是七天。他們想必是知

道自己違規，因此不敢寫實話，怕被人抓住把柄。

　　但他顧不了那麼多了，他穿好衣服和鞋，對母親說，媽，我出去走走，就急不可忍地出了門。

　　他穿過樓道，先走上了樓頂天臺，推開門，一陣寒冽的風，雪已經停了，他踩著厚厚的雪，走到天臺的欄杆邊。雪覆蓋在欄杆外幽林寺的蓮花金頂上，大殿的殿沿上，寺門前的土地上，前方已兩年沒動工的爛尾公寓樓上，還有樓下彎曲的大理石小徑上，天地間，各處盡是茫茫的白色。

　　他決定去香港找朱顏，他必須去。

　　朱顏打來電話，說她在香港租房的社區找過她，叫她在網路系統裏填寫了陽性信息，並給她送來了快速檢測包和幾板Panadol藥。房東很不滿意，要她搬走，但她哪有地方可去？別的地方估計也都不會同意她這樣的感染者入住的。她詢問社區，社區說醫院的床位全滿了，讓她居家隔離，但並沒有人在她臥室的門上貼封條，限制她出門，她跑了好幾個藥店和診所，終於買到了一些治哮喘的倍氯米松和布地奈德。

　　朱顏說話間，不停地咳嗽著。夜航說，我已經結束隔離了，我這兩天就買機票，去香港找你。

　　朱顏仿佛想要說什麼，卻沒有說。

　　剛能回歸正常的生活，現在又要被打斷了。夜航雖然掛念朱顏，但很清楚自己可能會被感染，想到這事，他胸口就鈍鈍的，像填了許多大石頭。好不容易找到的工作，雖然不夠好，但至少能先作為跳板幹著，這下不知道還能不能上班。

　　他在寒冷中吞吐著火熱的汩汩呼吸。做完這個決定，心裏反倒踏實了，很快又能見到朱顏了。

他在雪後清新、凜冽的天空下站立許久，走下陽臺，來到了小區門口。

他掏出手機掃二維碼時，竟然仍是黃碼。他心又一沉，給物業周華打電話，周華說，轉碼可能需要時間，他抗訴一般地說，我是不是已經解除隔離了，周華說，是，他說，那為什麼不給我綠碼，出門到處都要掃碼，叫我怎麼出門？

周華說，我給你問問。過了一會兒，她打電話來說，社區要你提供最近做過的核酸檢測截圖，你在殷好辦 APP 上截圖後發給我，社區會往上報。

夜航發給了周華，他說，你傳給他們，叫他們趕緊給我轉碼。但等到下午，卻仍然是黃碼。

周華又叫他聯繫社區孫迪。他雖然煩悶，但現在他已經解封了，要趕快催他們辦妥才行。他給孫迪打去電話，孫迪說，我讓鎮裏查了，說你的核酸檢測報告不全，夜航說，怎麼會不全，你們安排上門的核酸我全做了，做過的全都通過周華發給你們了。

孫迪說，不是說你沒做全，或者沒發全，而是說，檢測結果就像個流程，我把你的核酸檢測報告已經轉交給了鎮裏，鎮裏需要轉交給互陽，然後互陽再安排給你綠碼，他們可能還沒有往上傳，懂了嗎？

孫迪的話不緊不慢，顛三倒四，夜航說，你趕緊催他們啊，或者你把互陽指揮部的電話給我，我給他們打。

孫迪說沒有指揮部的電話，只給了夜航一個互陽的諮詢電話，夜航問，那你聯繫的是誰，孫迪說，我聯繫的是鎮上，我無權溝通互陽。夜航又問他要朱乙鎮的電話，他也給了夜航，但夜航打過去，對方卻說打錯了，這裏不是防控中心，而是社區辦，

給錯號碼了。

　　夜航又打孫迪給的第一個互陽的諮詢號碼，打了幾遍打通了，對方說，你看支付寶碼，別看微信碼，支付寶碼更準確，你看看再說。

　　他疑惑地打開支付寶，一看，竟然是紅碼，顯示他還有十天才結束隔離。他嚇了一跳，接著徹底心灰意冷了。

　　他又給互陽的諮詢號碼打過去，問，我已經解除隔離了，為什麼竟然是這樣，對方說，那我們不知道，反正支付寶碼才是準確的，你要以它為准。

　　夜航越聽越覺得可怕，是弄錯了？還是有人故意整他？他又奔上樓回了家，他感到悲哀痛苦，他投訴無門，誰也聯繫不上，但他不願意坐以待斃，他繼續催促孫迪，卻不提支付寶碼是紅碼這回事，只咬住說自己已經解除了隔離，為什麼不給他綠碼，孫迪卻只不溫不火地說，我再幫你問問。

　　他說，我要出門該怎麼辦？孫迪說，你出不了門，因為你是黃碼，他說那我到底是解除了還是沒解除隔離？孫迪說，你解除了，他說，那我為什麼不能出門？我就是要出門，我拿著解除隔離通知單出去，別人如果需要我打電話給社區，我就再打給你。

　　他仿佛陷入了漫無邊際的無法看清的陷阱裏，他們一方面宣佈解除了他的隔離，一方面實質上又不給他綠碼，讓他仍然出不了門。他仿佛被遺棄在了灰色地帶的荒野上。到了第二天晚上，夜航仍然沒拿到綠碼，但他忍不住出了小區。

4

　　雪化完了，天地萬物又恢復了乾燥。到處是塵土和霧霾，挖掘機上方的燈照亮了空中喧騰滾動的灰土，地鐵六號線據說半年後通車，前方碧桂園小區的幾座高聳的樓上，月亮模糊的光線從樓的一側氤氳而出，為黑暗的天空塗上了暗黃的光暈，奧特萊斯購物城整齊的櫥窗裏，亮著鮮亮的顏色，掛著衣服和壁燈，裏面除了一兩個店員外，空寂無人。

　　夜航磕磕絆絆，走在山脊一樣滿是土的路上，超市門口年紀輕輕的胖胖的老闆娘，正看著他的小兒子和小女兒在地上玩溜溜球，這些天，周華一直是從這家超市採購菜和肉遞到他家的。夜航走到藥店門口，想給朱顏買藥，看到堵在門口的桌子上支著的貼有二維碼的紙，和紙上印著的「請先掃碼」，想到自己是黃碼，便哀傷頓挫得像犯人一般，望而卻步了。他羨慕地看著藥店裏的人，自己卻像被零落在了另一個世界裏，他扭頭望了藥店許久，走下旁邊的柏油路，來到萊斯大道上。

　　被洪水沖得腐爛的尚未修葺的草皮，凝固成猙獰的形狀，圍欄中央，石塊碎裂的渣滓仍散落在步行道上，上方塌陷處滑落的紅土成堆地壓在缺口底部，蔓延到路中間的淤泥早已凍結，被車轍壓出各樣凹凸的溝壑。萊斯大道與天官大道交叉口的燈光映在水泥的細碎斑點上，弧形彎道的地磚上立著矮小如墓碑般的電纜立柱，拖拉機背轉身去，像一頭巨大的死屍靜默地蹲在路口。

夜航左拐，走上了路燈全滅的天官大道，草坡上，被洪水沖離原位的兒童滑梯旁，鐵棍挑著紙折的打褶的白花，中間的一盞靜立的夜燈蒼白的影子消失在衰草邊緣。被洪水沖歪的路燈杆仍然俯著半倒不倒的姿勢，燈杆中間被沖斷的水泥露出鐵鋼筋，像被攔腰剮去了血肉只露著骨頭的身體，旁邊的深坑未填，夜航越走，越陷入了完全的黑暗，遠處朦朧的樹杈上，羅莊電廠的煙囪頂又亮起彩燈，照亮了濃煙，地上的碎葉被踩進泥土裏，緊緊附著在塌陷的地磚槽上。枯樹與黑夜融為一體，吞沒夜航的雙眼，他心中也佈滿了土黃與漆黑的難以下咽的溝壑。

　　他在寒冷中裹緊衣領，折返回了小區。他剛才出去前對保安解釋過為什麼是黃碼，但保安此刻又像不認識他一樣，在他出示了解除隔離通知單後，仍然冷著臉令他掃碼，他說，我剛才不是告訴你了，我的碼還沒有轉綠，保安臉上登時騰起凌厲驚詫的神情，他又解釋一次，保安才像是達到了目的，滿意地收起臉上的冷酷，漫不經心地揮揮手，示意他進去。

　　回到家，母親已經做好一桌飯菜，未動筷子地看著電視等著他，見他回來了，收起一臉呆滯的神情，起身坐到了椅子上。

　　他說，媽，你坐沙發，我坐椅子，母親卻微笑著說，你坐罷，快吃罷，去哪兒逛了，逛這麼久，湯都要涼了。

　　朱顏染病的事，他還沒有對母親說，但他的愁苦明白地掛在臉上，他竭力隱忍，不想擾到母親，何況他也不知道該怎麼跟母親說，因此他大部分時間都呆在臥室裏。這幾天，他每天歪在床上看巴塔耶的《大天使昂熱麗克及其他詩》，到傍晚天將擦黑時，就把書丟到一旁，呆望著房頂，每次吃晚飯之前，母親在臥室門口喊他，他低聲回應著，卻遲遲不願去吃飯。

母親和他一起被隔離在家，她通過物業周華從超市買來牛肉、羊肉、臘腸、豬肘和雞翅根，變著花樣給他做好吃的。母親知道他不喜歡河魚，覺得肉淡而濃膩，就買來鮁魚、鱈魚、籽烏與海蜇，雖是冷凍的，卻因配料得當，做法精細，吃起來十分新鮮。每天他一進客廳，桌子上就已經擺好了碗筷和肉菜，有時是蒸鮁魚卷，有時是椒香鱈魚，或鍋包肉，就像他高考前那年一樣，母親就是那時學會做鍋包肉的，那時母親為怕他學習辛苦營養不良，每天都給他做肉吃，那時的鮁魚才五六塊錢一斤，母親時常一次買很多，炸熟放在冰箱裏凍起來，每次弄出兩三條，熬又濃又香的魚湯給他喝，這幾天仿佛又回到了高中時。今晚又做的鮁魚湯，母親把電視聲音調小，端著碗，一勺勺地盛滿一碗魚湯，端上桌遞給他，母親細瘦的兩腮輕微墜下，兩眼的眼角向外耷拉著，他坐不住了，喘著氣說，讓我來，他奪過湯勺，給母親也盛了一碗魚湯。

　　他端起碗，呼呼地用嘴吹著氣，嘴唇蹭著碗的邊沿，雖然很燙，但他小口而局促地喝著。他上小學的時候，母親經常給他做油茶，那時的他摟著比他的頭都大的碗，碗裏的油茶也很燙，他繞著碗邊，喝一小口就燙得轉一下碗，轉了一圈又一圈，碗沿兒上沾得滿是油茶印。此刻他雖然沒有轉碗，但在碗沿上嘬著嘴吸著，又鹹又香的味道，伴著魚肉微微的腥味，浸透了他的嘴和喉嚨，他匆匆地喝著，就這樣喝了一會兒，他突然把碗放下，愣了幾秒，他不知道母親此刻什麼表情，他也沒看，但仿佛天旋地轉的，又仿佛一切全都靜止了，他哆嗦著嘴唇，說了句，媽，我談了個對象，還沒跟你說。

　　哦，是哪的人？母親的聲音像飄著，顯然還沒來得及琢磨，

就先問出了口，問罷認真地提起耷拉下的眼皮，略有些吃驚地看了他一眼。

他仍然低著頭，但從餘光中捕捉到了母親的眼神，大陸的，湖南郴州的，他說。

自從父親離去後，母親把全部身心都放在了他身上，他從小母親就對他要求嚴格，母子倆相依為命，他從未跟母親說過這一類的話。

哦，前幾天倒沒聽你說過，母親拖著細而輕微的語氣，像很認真，然而語調間卻又像不知所措，是在香港讀研的同學嗎？

他又喝了一口湯，像在竭力掩飾著內心，是，他說，他抹了一下嘴，把手裏的饅頭掰碎成幾塊，泡進湯裏，饅頭浮在湯頂上，他用筷子夾著饅頭向下按，他雙眉縮向中間，像兩只鉤不住任何東西的彎鉤，他挑一下眼皮，看了一眼母親，又垂下了。他說，我女朋友——染上奧密克戎了。

說這話時他沒有抬眼，仍用筷子擺弄著浮在湯上的饅頭，但他分明感到母親的身子搖晃了一下，接著母親停下來，像真正睜開了眼，盯著他。

他小心地低下頭，把撕成塊兒泡在魚湯上的饅頭往嘴裏扒拉著，吃了幾口，他抬起頭，一下子看到了母親的目光，母親的目光裏仿佛有疑問，有震驚，也有感傷。他一下子呆住了，不知道該幹嘛了，他看了母親兩秒，焦躁地又把眼睛垂下，伸筷子去夾盤子裏的粉絲炒蝦仁，他仿佛生怕夾不准蝦仁，每次準確地夾起一個，僵硬著手臂送進嘴裏。

他沒法再忍耐了，他說，我想去香港照顧她。他艱難地扭著身子，倉皇地喝完碗裏的魚湯，仿佛有無聲的如哀泣般的聲音，

在桌面上濃烈地蔓延著。

母親說，你要是被傳染了，可該咋整，母親的臉開始有了一些黑紅，像憋著許多難以開口的話，她垂著雙頰，眼皮顫抖地張合著，眼裏像有刺痛了她卻無法流瀉之物。

他為了打破氛圍，像無所謂或自我解嘲，也像安慰母親似的說，沒事，主要她有哮喘，我去了也好，給她弄藥吃，她能好得快些，我會注意，不會被傳染的。

他拿起桌角的抹布擦擦手，仿佛生怕母親再說什麼話，忙起身說，我回屋裏歇會兒，就回到臥室關了門。

過一會兒，他聽到靜悄悄之中，廚房遠遠傳來刷鍋刷碗聲，接著客廳的燈開關咔嗒一響，黑洞洞的臥室門縫外，亮光消失，一切又回歸了死寂。

他躺在床上，仿佛在幻想與夢境的交界地，沿著滿是土克郎的天官大道，往坡下騎著電動車，車輪摩擦著灰塵，向路口快速滾動著，眼見一輛汽車從左側駛來，他左手捏著手機，正在回朱顏消息無法捏閘，右手捏右閘卻不管用，他腳擦著地上的塵土，想要電動車停下，車卻載著他越下滑越快速，眼看左側的汽車已經沖他駛來了，他慌得心臟要被剜起來了似的，趕緊在床上拍打著小腿和腳，身子前後抖著，終於甩掉了可怕而痛苦地步步緊逼的情景，挪轉成側躺向一邊的姿勢，心又回到了床上。

這一夜他睡得很不踏實。第二天天一亮，他下樓掃碼，仍是黃碼，他把小區門口的二維碼拍了照，一連三四天，每天掃碼都是黃碼，他心急如焚，雖然不想再聯繫社區，但他急著回香港，不能不屢次催促。他給孫迪打電話之前，本想沉著應對，但一接通就又掩不住焦躁，開始語氣失常，反覆訴說，孫迪每次都泰然

地如在看笑話，在他說完時說一句，你再等等，我給鎮裏說了，我今天再問問。

他深感投訴無門，再在業主群裏說此事，卻沒人理他了，仿佛他在小題大作。他想效仿有些人，舉著身份證在網上實名舉報社區，但連他自己也覺得小題大作，心中害臊，他們沒有說不給他辦，只是一直拖著，一旦魚死網破，他們恐怕會拖得更久，何況支付寶紅碼顯示的隔離結束時間就在這幾天了，可以到時再看是什麼情況。然而一想到朱顏的病，他就又悲從心起難以抑制。

朱顏在電話裏說，香港今天查出了一千五百多例病例，都是傳播鏈難以調查明白的交叉感染。我的倍氯米松和布地奈德快吃完了，說是居家隔離，卻沒人配送物資和藥品給我，社區說過我可以點外賣，但我出門買菜購物也沒有人限制我，樓下的菜市場和小超市不用掃碼，我昨天買了個電飯鍋，這兩天都從市場買菜和雞蛋煮面吃的，雖不掃碼，一進超市心裏還是挺難受，像戴著他們看不見的沉沉的枷鎖，好像我是與他們不一樣的禍根，一想到可能感染別人，就像被他們瞬間發現了，全都開始注意我了一樣，但不下去買東西又不行，我每次都儘量遠離人群，買了趕緊上樓。房東每天都發消息問我什麼時候搬，其他幾個房客怕被感染，為了不讓我用公共廚房和廁所，讓房東給他們配了廚房和廁所鑰匙，每次一用完就鎖上門，幸好我的臥室帶有廁所。

夜航聽著這些，每聽一句就安慰朱顏一句，但卻幫不上任何忙。

終於，在支付寶顯示隔離結束的當天上午，夜航掃了一次社區的微信碼，也已經變成綠碼了。他像突然解除了所有枷鎖，渾身輕飄飄的，感覺十分不真實。

他不敢耽擱，迅速買了第二天去香港的機票。他沒跟社區說自己碼變綠了，也沒跟社區說要回香港，更沒像一年多以前去香港時一樣，到社區開離殷證明。香港關口並不需要他的社區的任何離開證明，只需要出示海關承認的醫院出具的核酸檢測報告，離殷證明是社區為控制居民行蹤，單方面要求的。他顧不了社區的要求了，他一心想趕緊找到朱顏，再回來時，也許疫情或防疫政策已經變了，雖然已經三年多了，情形仍未轉變，自從網格化管理以來，所有人去哪里都要跟社區說，每隔一段時間就會封控一次，人們被越來越牢固地限制在了居住地，但他終究抱著模糊的希望，因此豁出去了，為怕生變故，而沒有跟社區說，準備直接走了。

他在香港打過兩針複必泰疫苗，打完第二針，已經過了八個月，該打第三針了。他打算在去香港見朱顏前，先在殷京把第三針打了。

下午，他拿著在香港打前兩針疫苗的接種記錄，騎電動車來到朱乙鎮衛生院，前臺的護士錄入時卻說，系統裏沒有複必泰疫苗，沒法填寫，我們也沒有複必泰第三針，夜航說那就混打罷，打科興第三針，是疫苗反正都行，護士說，我打電話問問領導。她在電話裏說，他拿的是香港的接種記錄，打的是複必泰，咱這兒錄入沒有複必泰，您看咋弄，他問可不可以混打第三針。接著她聽了一會兒，說，行，我知道了，掛斷後說，我們領導說了，系統裏沒有複必泰，沒法錄入信息，所以打不了，鎮衛生院太小了，你聯繫殷京疾控總中心，問他們哪個接種點能打，我給你個電話號碼，說著報給了夜航。

夜航出了衛生院，打電話給疾控中心，說明情況後，對方卻

說，所有的打針系統都要錄入你打過針的記錄，國內不承認複必泰，系統沒法顯示輝瑞 mRN 的疫苗，所以沒法把你的前兩針錄進去，導致你加強針沒法接種，現在國內只有國藥、北京生物、北京科興和天津康希諾等幾種疫苗，如果你在境外打的是科興或北京生物的疫苗是沒問題的。夜航不明白，問是什麼意思，對方說，意思就是你沒法打加強針，夜航說，可我按時間該打第三針了啊，你的意思是，我在國內打只能重新打科興第一針嗎？對方卻不明說，只反覆說他前兩針打的輝瑞的，安全性怎麼樣，國內沒有數據，沒法接種第三針。

　　夜航茫然無措，心灰意冷地掛斷電話，在南大路上緩緩騎著電動車。陽光又細又亮的斑紋從眼鏡框滑落，難以下咽的乾冷光線悶住他的鼻孔，灌進他的喉嚨。梧桐樹乾癟的落葉，像老人死狀難看的屍體，成堆艱難地蜷在路邊，邊緣的葉子隨風而起，像在噩夢中一般漫無目的地翻滾著，磕磕絆絆刮著地面，發出枯啞的聲響。女貞蒙著一身如爛尾樓般的灰土，黑桑淺綠發黃的死葉仍吊在樹枝上，斜對面一個小孩兒騎著小三輪車，呼啦啦枯燥的聲音穿透枯黃的陽光和樹影，進入夜航的耳中。他一路騎去了市里，在能開出入境核酸報告的股京二院做了檢測，報告晚上七點半之後才能拿到，他在天黑之前騎車回了家。

　　夜航買的是明天中午的機票。要走了，時間變得比以往更漫長了似的，他躺在空蕩蕩的床上，房頂的牆上蒙著模糊的灰暗，又到傍晚了。他仍然沒跟母親說，等會兒一定要說的，可是該如何說？一想起母親，不安與愧疚就像浸透身體的哀傷，貫穿了全身。

　　門突然輕輕被敲響，隔了幾秒，像在猶豫，又被清晰地敲了

一下，是母親，他心口一沉，忍著顫抖嗯了一聲。門把手轉動著，撐開了，母親打開門站在門口，他有些吃驚，母親在黑暗的寂靜中望著他，他也望著母親，短暫的猶豫，就在他仍不知所措時，母親蠕動著嘴說，去罷，好好照顧她，把她治好，帶回家來，給媽也看看。

第二章

1

　　夜航在香港機場下了飛機，寬廣的大廳，被白色柵欄分割成折返綿延幾裏地的通道，他在核酸查驗、核酸檢測與一道道手續文件中，被人群向前緩慢地推著。這裏人雖很多，卻很安靜，彬彬有禮的人們面無表情地把他推到一個接一個環節，最後來到了有許多白色椅子和桌子的寬廣的等待區，坐下來等核酸結果。夜航吃了兩個免費漢堡，喝了一瓶水，巨幅玻璃窗外，晚霞映在停止的飛機機翼上，紅光越來越微弱，最後被淹沒在了黑暗裏。等了足足三個小時，他才戴上被分發的手環，拿著文件材料與核酸陰性報告，從機場大廳走了出來。

　　夜航離開殷京的過程可謂驚險。他本想今早去機場的，但昨晚六點多與母親吃完晚飯，他突然收到社區在微信群裏發佈的消息，說這三天有新冠確診病例，在南大路幽林路交叉口和臨湖社區周圍的流動攤位買過生活物資，業主誰去過以上購物點的，向社區報備，進行居家健康監測，自今晚七點起，小區實施閉環管理，七點後需要持防疫工作證或社區准許證明，才能進出小區。

　　夜航一看，瞬間心驚肉跳，他才結束了居家隔離，外面各處卻又有了陽性，並開始搞起了封控，他不敢耽擱，匆忙打包好行李，他聯繫滴滴網約車司機，卻許久沒人接單，他打電話給去年參與洪水救援時認識的拉物資的幾個司機，讓他們幫忙找附近的車，回復卻是現在車價炒得非常高，饒是如此，許多人也不願意

拉人，因為朱田大道和朱乙路等出口過一會兒七點鐘就封鎖了，出入的人都要有防疫通行證，司機怕拉人出去後，自己卻無法再回來。

夜航急得百般懇求催促，終於有司機幫他聯繫上了一個有防疫通行證的私家車，但拉他去機場要五百塊錢。夜航心中雖恨，卻不敢耽擱，連忙同意了。

臨走前，母親摘下自己佩戴的獨山福豆翡翠玉，給他掛在了脖子上，叮囑他平安，匆匆辭別母親後，夜航趕在七點前出了小區，坐上了聯繫好的車。司機聽說他要先拐去二院拿核酸檢測報告，竟坐地起價，又要加價兩百塊錢，夜航忍氣吞聲，只得答應。

漆黑鋥亮的夜空下，亮著雪白頭燈的車與閃著警車般光線的救護車逃命似的疾馳著，趕到機場時，殷京發佈剛發出通告，所有離殷人員均須出示居住地所屬社區的離殷證明，夜航沒有離殷證明，他忐忑地走進大廳，工作人員草草查看了他的綠碼和核酸檢測報告，就放他進去了。應該是通知才發出，機場還未接到執行指令。他取票後過了安檢，找到閘口坐定，為怕再收到流調或社區的電話，直接關掉手機，蜷在空蕩蕩寒冷的椅子上，眯起眼半睡半醒地整整坐了一夜和一上午，終於登上了去香港的飛機。

夜航本想直奔朱顏位於九龍塘的住處，但來之前，朱顏特意叮囑他不要直接去她住的地方，而是去酒店隔離，不然他的安居出行碼也會跟著她一起變顏色，這樣他就也很難再租到房子了。朱顏說她又買到過一次藥，還能撐幾天，讓夜航在酒店隔離完，趕快先租房子，然後再把她接出去。夜航雖然急著見到朱顏，也只好忍著答應了。夜航在 Agoda 訂酒店時，許多酒店都不接受隔離人員，他只好又訂了一年多以前來香港時隔離住的君怡酒店。

他走出機場，上了計程車。街上下起了冷雨，細小如針的雨點像破碎的淚珠，跳動在車玻璃上，頃刻又被雨刷抹去了，對面的車亮著頭燈，將地面和空中千萬頃雨腳瞬間照亮，而後又消失了。

他在金巴利道和加拿分道的路口下了車，隔離前，他被給予了一個多小時出門採購物品。君怡酒店配餐的葷素搭配合理，但量很少，仍和一年前他來香港隔離時一樣，每天三餐二百八十元港幣，提前一天將預定寫在餐單上放到門口，前臺服務員來取，他雖訂了七天的餐，但提前買了許多泡面與火腿拎上了樓。

他每天心急如焚，一想到朱顏染上奧密克戎，就覺得出了大事，心中頓時灰暗，捶著床單喃喃地說著完了，完了。奧密克戎被大陸說得那麼可怕，他這次是沖著槍口撞去的，然而朱顏已在槍口之中了，想到此他心內又被另一種痛苦翻絞著，對朱顏的擔憂弱化了恐懼，他心浮氣躁，什麼也做不成，下載的電子書《現代詩歌的結構》每讀一會兒，就忍不住走一會兒神，舉目四望，悲不能抑，只盼趕快結束隔離，走入那無路可退的狀態，與朱顏呆在一起。

電視上，CNN 循環播放著美軍撤出後阿富汗街頭的混亂場景，香港臺則循環播放著抓捕黎志英的新聞，同一臺電視上不加解釋的截然相反的聲音，在夜航手中遙控器的指揮下，默默地相互對峙著。

夜航按要求在房間自測核酸，他剪開機場發給他的袋子裏的紙簍門，往小瓶裏吐唾沫，吐滿四毫升，蓋上瓶蓋放回袋子裏，放到房間門口，在網上約快遞員上門取走。君怡酒店的窗戶玻璃是封死的，無法打開，據說是怕入住的人跳樓，七天裏，夜航不

得不一直開著空調透氣，但開得溫度低了怕感冒，溫度高卻又悶熱，起不到換氣的作用，他偶爾打開房間門透一口氣，但因房間在密閉的樓道深處而無濟於事。

隔離的第三天是除夕，窗外高高的公寓樓間隙上空有禮花飄起，聲音搖搖晃晃的，透過厚厚的窗玻璃傳進來時，已經非常微弱。他給母親和朱顏打電話，母親在家，朱顏在香港的出租屋，都在獨自一人煮飯吃著。

就在夜航感到再這樣下去就要上火咳嗽的時候，他終於結束了七天的隔離。他扯下定位手環，走出君怡酒店，來到了金巴利道上，久違的新鮮空氣灌進他的身體，雖有疫情，街上人仍然不少，商店裏湧出駁雜的光線，交織在樓底的喧嚷聲中，黑壓壓的人群聚在街口，燈光映著人們默然的眼神和輕快木訥的腳步，香港雖仍然熱鬧非凡，隱隱的卻仿佛從內部抽走了不少活力，失去了夜航在二零一九年持旅遊簽注來時的沸騰。夜航本可以在君怡酒店再住一晚，但他無法再忍，退了房拎著行李打了輛計程車，直奔九龍塘朱顏租住的大廈，大廈臨街，夜航下車時，正好有人進去，他遂跟進了樓道。

門開了，恍如夢境般的，朱顏正站在門前望著他，她細細的眼睛，模糊幽深的眸子上蒙著淡淡的笑，笑裏卻像隱藏著淒苦。

夜航正要說什麼，朱顏先手指豎起噓一聲，把他拉進客廳，小心地關上門，拉著他靜悄悄迅速走進了她的臥室。

床頭開著臺燈，黃而寧靜的光線，灑在淡茶色的墙紙上，地毯和旁邊的小雙人沙發上有幾頁打印紙，是朱顏正在看的雅思習題。

夜航取下背包，放下了提包。他頭一次和朱顏共處一室。他

摘下口罩,走到朱顏面前,朱顏圓潤的鵝蛋臉,面色本來紅撲撲的,笑起來很健康,此時卻蒼白無力,她強顏歡笑,望著夜航,夜航砰然心動,走過去要抱她,她卻將頭別過了,後退兩步推開他說,別,我會傳染你。像有把刀準確地插中夜航的心口,有一瞬間他猶豫了一下,他望望窗外,什麼都看不見,厚厚的窗簾隔開了他們與世界。

他走上前,一把摟緊了朱顏,朱顏仍在躲閃,身體卻不自主地抖動著,他摟著朱顏的頭髮,低頭把朱顏的臉轉過來,直接吻上了她的嘴,朱顏滾燙的嘴唇與臉頰頃刻融化了他的痛苦,他回殷京前和朱顏剛談上戀愛時曾經吻過她,這感覺又找回來了。

他在朱顏的呼吸中輕微喘息著,朱顏的臉顫抖著,一滴眼淚從她的眼窩滑向他的嘴角,朱顏軟下去滑到了夜航脖根上,雙手從背後摟住他,伏在他身上啜泣著。

夜航也百感交集,胸口湧著無法遏制的起伏,他摟著朱顏反復地說,不怕,我回來了。過了好一會兒,他們分開了,夜航問朱顏的情況,朱顏說,社區早就不給我送藥了,今天我出門買過一次布地奈德,找了很多地方,才找到一家能買到的藥店。房東下午又催我搬家了。夜航忙說,明天早晨一起來,我就租房去,回來就幫你搬家。

二人坐在床沿說話,屋子狹小,臺燈光線迷蒙,仿佛搖曳在寧靜的黑暗中的星光,朱顏仿佛無法控制內疚感,非要在屋子裏戴起口罩,此舉雖也引起夜航的遐想與顧慮,但夜航心中痛苦難忍,硬是讓朱顏摘下了,朱顏躲躲閃閃的,但見夜航堅定地不介意,遂又平靜下來。

他們還從來沒有躺在同一張床上睡過覺。夜航忸怩著說,我

睡沙發吧，說完和衣躺在了沙發上。沙發太短，小腿沒地方放，他側躺著，蜷縮著身子，朱顏說，你要不躺過來罷，在那兒那麼窄多難受，夜航正要回答，朱顏卻又賭氣似的說，你睡在那兒也好，省得我傳染你。夜航一聽這話，不樂意了，爬起來說，我不怕被你傳染，我來就是做好被傳染的準備的。

他拉開朱顏的被子，從身後摟住了她。他怕頂到她，又往後挪了挪，但地方狹窄，再挪就要掉下床了，她也感到了，他忍著身體的激動，怕打破寧靜和諧的氛圍。他一動不動地抱著朱顏，手輕輕搭在她心口上，朱顏卻劇烈地咳嗽起來，他忙撫摸她的胸口和後背，她卻咳得更厲害了，她轉過身平躺著艱難地咳著，每咳一下就挺一下身子，她憋得喘不上氣，像失水的魚，每咳一下都像有一記悶錘擊在胸口上，他不知所措地攬著她，想抹抹她的胸口幫她順順氣，卻怕壓住她弄得她咳不出來，想扶她坐起來，卻眼見她痙攣著不知該從何下手。

過了好一會兒，朱顏才像徹底沒了力氣一般消停了，她伸過手從枕旁抽出紙來，擦著嘴角說，對不起，最近咳得厲害，他忙說明天一租好房子，我就給你買藥去，說著彎起手臂讓她枕著，另一只手攬著她後肩，兩人雖都睜著眼，卻不再說話，過一會兒朱顏閉上了眼，喘息越來越均勻，鼻息和喉頭響起細小的呼吸。他怕驚醒她，直到手臂麻得沒了知覺，才緩慢地從朱顏脖子下抽出，總算沒把她吵醒。

他再次醒來時，窗外明亮的天色已浸透厚厚的窗簾，灌進陰暗的屋子。他看看時間，早晨七點半。他望著身旁的女人，他剛摟著她睡了一個晚上，意識到了這一點，他就像迷失在了如喜悅般的孤獨中。他望著朱顏的睡容，她臉色白得仿佛透明，顴骨紅

撲撲的，嘟起的嘴唇與鼻孔吸合著，散亂的微微染黃的頭髮鋪散在枕上，任憑他怎麼看她，她都不睜開眼，而是認真地熟睡著。

他在她的額上輕撫了幾下，依依不捨地爬起來穿好了衣服。他不忍心吵醒她，但出門前，他仍然在她耳旁輕聲地說，我去找房子了，一找好合適的就定下來，回來接你過去。

朱顏微微睜了一下眼，看了看他，她渾身散發著濃重的剛睡醒的體味，他俯身在她額頭上親了一下，她眨了眨眼，點了一下下巴，撐著床似要坐起來，他說你繼續睡，等我電話，就在朱顏迷迷糊糊半坐起身子，說了句快點回來時，他已經出了門。

　　夜航剛來香港時，在美麗都大廈九龍賓館租過只有一張床和小床頭櫃的狹小單間，五千塊錢港幣一個月，他嫌貴，租滿最短的三個月租期，就搬到了麼地道與白蘭軒道交叉口的嘆嘆青旅，這裏雖是共用臥室，但熱水 Wifi 設施齊全，而且便宜，只要一百塊錢一天，老闆是一對和氣的年輕夫婦，連押金也不要，可以邊住邊續費，他從前年十二月，直到去年十二月的這次回殷京前，一直住在那裏。

　　時間緊張，夜航來不及找別的房子，仍準備去美麗都大廈九龍旅館訂房，但他要先給朱顏買藥，遂沒有到美麗都大廈旁的尖沙咀站，而是在彌敦道與窩打老道交叉口的油麻地站下了地鐵。彌敦道有許多賣中成藥和保健品的商店，他出了地鐵，一路向南走著，蒼白的陽光穿過頭頂高樓狹窄的間際，鋪灑在道路中央，刺著他剛睡醒的眼。幽冷的晨風中，他疾走在高樓的陰影下，街上行人明顯比他離開香港時少了許多，書報亭扯開布簾，支起架子，時政新聞與花邊政論的小報已經消失，只剩下蒙在塑膠布外殼裏的幾排女人，在書的封面上裸露著白白的胸脯。路邊，兩個月前就跪在輪椅旁，吸著掛在椅把上的吊瓶裏的氧氣的乞丐老頭兒，仍跪在原處，頭埋在雙肩中下陷得幾乎看不見的脖子裏，夜航給了他一枚五塊錢硬幣，老頭兒顫巍巍把頭更深地俯向地面，扒開綠軍包，尋找著夜航剛投進去的硬幣。稀稀落落開著門的店

鋪，中間夾雜許多緊閉的大門，樓底層臨街的售樓中介的玻璃牆上，花花綠綠地貼滿一千萬港幣、兩千萬港幣的捲曲碩大的阿拉伯數字，像滿牆爬蟲靜靜地對著路人。夜航問遍了所有開著門的藥店，都沒有賣治新冠或哮喘的藥的。

來到美麗都大廈，時間尚早，他想起九龍旅館的前臺以前十一點上班，他上樓看了看，前臺黃色的木門果然關閉著，他又去其餘幾層的旅館，每家也都關著門。

他想起麼地道有一家藥店，一年半以前他剛來香港時，因為還沒有打疫苗被隔離了十四天，解除隔離後已經悶得開始咳嗽了，他不知道該如何買藥，街邊許多藥店已經不敢賣處方藥給沒處方的人了，因為香港衛生署才派出過暗探冒充患者探訪，逮住過不少藥店的店主。拖了好幾天，眼看咳嗽不消退十分難受，他雖打聽到診所費用昂貴，仍準備找個診所開些抗生素時，路過麼地道的藥店問了一句有沒有頭孢，本來沒抱希望，沒想到藥店老頭打開嵌在藥櫃旁隔板上的木門，進去給他拿了兩板，雖然價錢昂貴，兩板花了六十多塊錢港幣。這次他又進去，問有沒有治療新冠肺炎的藥時，藥店乾癟的老頭卻只抬起皺巴巴的眼皮，面無表情地搖搖頭，他又問有沒有治哮喘的藥，老頭乾脆不再理他。

夜航沮喪地走出藥店，見仍未十一點，就在藥店對面小廣場的黑色石墩上坐下來等候。十一點返回美麗都大廈時，九龍賓館前臺已經開門，半年前為他辦理入住手續的仿佛二十歲出頭的小妮，仍坐在前臺裏，為一個中年婦女辦著手續，小妮仿佛為工作憋得一肚子火氣，漲得難受，緊張地翹著腿一動不動，租客說要退押金，她默不作聲，瘦乾的手指敲擊憤怒一般敲著電腦鍵盤，口罩上的雙眼緊盯著屏幕，像一捆稍有不慎的對話都能點著她的

火焰的乾柴。夜航等她辦完那個租客的手續後，說，我要租房，半年以前我在這兒住過的，小妮匆匆地抬起眼皮瞄他一眼，拿著一串門卡從椅子上彈起來，邁著小而快的碎步走出前臺小屋，夜航忙跟在後頭。小妮領著他打開了電梯旁的木門，回到那個圍著乳黃色木牆圍的窄小的樓道，路過他曾在走廊邊租過的狹小房間時沒有停下，左拐右拐，拐到最裏頭的屋門口，用刷卡鑰匙開了門。只有這一間了，小妮說。

　　進門右側，眼前一寬一窄兩張單人床，中間是三壁圍起個空槽的小床頭櫃，小床床尾是黑色小圓桌，黑色轉椅，大床床尾有鑲嵌在牆上的木桌，側面的玻璃拉合門圍起狹小的洗臉池和便池區域，便池上方掛著噴頭和用鐵鉤掛在鐵絲上的塑膠簾子。床頭上方是一扇大窗戶，窗外是麼地道與彌敦道交叉口，窗戶中間玻璃鑲死，左右兩側可以向外打開，玻璃垢著模糊厚實的灰白色水漬。窗簾半開著，陽光越過尖沙咀對面香港島上的朦朧山影射進來，由於對面樓的遮擋，斜印在了大床旁邊深紫色帶螺紋的墻紙上，和上方的白牆上。

　　屋子不大，只約十平米，從門口望進去，像個洞口有光，越往裏越陰暗的洞穴。小妮說，六千塊錢一個月。夜航一聽，忙說怎麼這麼貴，小妮聽了，立刻像每根發梢都顫抖著蓬起來，用不標準的普通話生硬而冷冷地說，哪里貴了，你不是住過嗎，香港的房子都是這樣的好不，哪像你們大陸的那麼便宜，香港多少人都還住在楻房裏，深水埗那邊的籠屋也要四五千塊錢一個月的好不，中央說解決也不解決，我們這樣便宜的房子，又是在尖沙咀這樣好的地段，已經很少能找到了好不，因為疫情原因，我跟你講，很多人想回大陸都回不去，深圳灣和珠海口岸那邊根本排不

上號，旅館的房子全都很緊張，昨天還有人問過，你不要，很快就會有人租去，要不要隨便你，說完讓夜航出了房間，拉著門把手要關門。

夜航不知道她說的是真是假，但他不敢耽擱，忙拿著解除隔離通知單等全套手續，跟著小妮去了前臺，在一張張押金單、租單手續上簽字、按指紋，用支付寶刷了兩個月的房租一個月的押金，共一萬八千塊港幣，拿到門卡時，已經十二點半了。他完全不餓，只是內心焦灼，他馬不停蹄地跑下樓，坐地鐵回到了朱顏的住處。

朱顏正打包行李，夜航一邊告訴她已經租好了美麗都大廈的房子，一邊幫朱顏把從圖書館借來的書裝進了箱子裏。朱顏因為報了大學的短期雅思課，仍能從大學圖書館裏借書，一次最多能借六十本，她一下子借了四十多本書。

二人正在打包，突然防盜門響了一下，緊接著，朱顏臥室的門被敲響了，朱顏暫停手裏的動作，望向門口，深邃的雙眼蒙上了一層痛苦與絕望的陰翳。

夜航心也一緊，隔了令人窒息的幾秒，門又被敲響了三下，接著一聲乾癟的男人的聲音，仿佛從被壓扁的胸口發出的，你什麼時候搬，快點搬咯。

朱顏看夜航一眼，搖著頭嘴唇上蠕動著「別說話」三個字，她對著臥室門說，我正在收拾東西，馬上就搬。

門外急躁的聲音喊著，每次都是馬上，馬上多少天了，我們家不是毒窩，你還住在這兒幹嘛，你住在這裏，別的租客還敢住嗎，趕緊走罷，我們好把公共廚房和廁所開放，搞得他們每次要開門、鎖門，麻煩死了，還是有人跟我說不敢上廁所，要跑到外

面去上才行。

　　朱顏面色平靜，繼續疊著衣服，疊好裝進了袋子裏，她輕聲說，我的臥室帶有衛生間的，他們不用去外面上。

　　門外的聲音說，我知道，但他們還是會恐慌，所以你不走，我這個房東就很難做，你快走罷，你有病就住院去，住在這裏幹什麼。

　　朱顏說，醫院人滿了，沒有床位，誰還不想住院，你放心，我真的在收拾，今天肯定會搬完的。

　　房東急促地說，哎，算了算了，攤上你，真是倒楣，趕緊搬。

　　朱顏表情痛苦，像忍著強烈的憤怒與悲哀，她竭力平靜著臉色，不卑不亢地說，我知道了。

　　夜航憤怒不已，胸中的怒火壓抑不住，就要說話時，房東已腳步匆匆地離去了。

　　夜航說，真他媽勢力眼，朱顏說，這個房東，據說是個軟件開發公司的 CEO，他還想過要追我呢，有一次他跟我打電話，說他去飯店維修給人家安裝的軟件系統時，被飯店老闆當眾罵了一個多小時，說他們開發的系統不好用，夜航忐忑地說，後來呢，朱顏斜他一眼，什麼後來，我怎麼會知道，夜航說，我是說他追你的事，朱顏說，要是有後來，哪里還會有你的份兒，幸好我沒有理他，你看他在知道我染上奧密克戎後的這副樣子。

　　夜航心中不禁既局促，又感動，他說，我剛才聽他說話，聲音像貼在刀片上，被削成一片片的似的，又薄，又尖，又微弱，我想肯定是個小個子，而且八成是禿頂，雖然沒有見過他，眼前卻忍不住浮現出這樣的形象。

　　朱顏笑笑，禿頂倒是沒有，但好像頭髮也不多，都說文人的

嘴毒起來，比女人的都毒，看來真是，哪天你要是說起我來，不知會怎樣說的。

夜航忙說，我怎麼會說你，我這麼在乎你，說著摟過去，親朱顏的臉和顴骨，朱顏任他親了幾下，然後說，好了，快收拾，一會兒說不定他又回來了。

二人打好包，朱顏拿著一箱自己的生活用品，袋子裏提著電腦和衣服，夜航提著朱顏借的一箱子沉甸甸的書，連同自己的行李，悄悄打開了臥室的門，看門外的廳裏無人，朱顏走前環顧一下，確認沒有落下東西，將鑰匙丟在臥室桌上，鎖上門，與夜航一起，離開了這個她租住了一年的地方。

　　夜航和朱顏安頓在了美麗都大廈十三樓的九龍賓館。前臺小姐在一年前夜航租房時，就說能買灶具自己做飯，夜航遂在樓下麼地道的日本店與超市裏，買了電磁爐、炒鍋、電蒸鍋、炒勺、案板、菜刀、碗碟、瓷盆、筷子、勺子和油鹽醬醋、大料、茴香、花椒、料酒、豉油、蠔油、香油、味精、芥末、蔥姜蒜等調料，加上朱顏的電飯鍋，二人在旅館狹小的洗漱間裏的洗漱臺上，以及大床床尾的長桌上鋪開了做飯的傢伙。夜航當天又去附近的菜市場買了菜和肉，為了不讓煙塵飄到屋子裏嗆到朱顏，他把電磁爐搬到洗漱間，在水池臺前插上電源，打開排風扇，關上拉合門炒菜，給朱顏做了豆豉牛腱與醬燒土豆。

　　旅館裏沒有冰箱，香港的冬天和大陸廣東的冬天一樣，夜晚雖冷，出門要穿薄毛衣外面套著夾克，白天尤其是中午卻並不十分的冷，夜航出去買菜時，只能按量買當天或最多兩天的菜，肉更是只能買當天的，怕買多了隔夜會腐爛。

　　近來香港每日新增病例的數量越來越多，新聞報導過去二十四小時內增加了兩萬多例感染者，近一個多月的新增已達到五十多萬例了。醫院普遍超負荷運轉，停屍房不夠用，許多屍體只能臨時安放在冷凍集裝箱裏，屍體以數字而非真實的人被播報著，然而夜航一想到一堆堆摞在一起即將腐爛的屍首，就渾身發冷。

特首林鄭月娥宣佈，三月份將封城七天，並展開三輪全民核酸檢測，同時停止公交和地鐵的運行，不接受全面核檢的人會被檢控與罰款，但卻沒有說什麼時候開始實施，人們都在等待，搶購物資的人越來越多，夜航見樓道裏往來的人踩著沉重的腳步，把成袋的土豆與山藥往旅館房間裏搬，他雖不情願，也趕緊下樓去超市買了較耐囤放的白蘿蔔、冬筍、冬瓜、土豆、南瓜、蓮藕、紫薯、西蘭花、花菜、芥蘭、茭白、蘆筍、洋蔥與扁豆，並買了許多梨、山楂、蘋果與紅柚，攤開在長桌下的地板上。

　　朱顏原先社區的人在 Whatsapp 上問她是否還住在那裏，是不是已經搬走了，如果搬走了的話要告訴他們，他們要備案，朱顏一聽十分害怕，她在美麗都大廈沒敢登記，怕因為自己是陽性而再次遭受驅逐，忙說自己還沒有搬，如果搬走再告訴他們，接著趕緊問對方還有沒有藥，能不能送或自己去拿，社區說早就沒有了，最近染疫需要藥的人太多了，沒法再給她提供，要自己想辦法，記著定期做檢測，朱顏應聲說行。

　　剛入住的幾天裏，夜航按解除酒店隔離後的要求，去梁顯利社區中心做過兩次核酸，結果均正常，這種被稱為傳播飛速的病毒，傳染了朱顏和許多其他人，他與朱顏天天接觸已經數日，卻仍沒有感染他，二維碼也一直正常。沒感染是好事，不然他倆若再被旅館攆走了，真不知該去哪兒住。他不知道這種偶然性意味著什麼，無法明白命運的揀選規則，想到此，不禁惆悵迷惑。

　　朱顏最近沒有在任何地方掃過安居出行碼，夜航沒有對外界說過與朱顏在一起，在社區檢測的網路登記做核酸時，也未提起過，香港大數據追蹤似乎不如大陸一般無孔不入，他的手機防疫碼也仍然正常。

目前香港醫院的床位全部飽和，香港政府雖與大陸合作在竹松灣和啟德碼頭建了方艙，但夜航聽大陸去過方艙的人說過，方艙是幾千個患者混住在廠房一樣的棚屋裏，以集中管制為主，根本沒有治療，早晚起床熄燈的時間非常刻板，早晨六點鐘就開燈了，朱顏有哮喘，肯定受不了那裏的空氣和氛圍。二人商議好，朱顏在旅館靜養，夜航一邊照顧她，一邊去醫院給她尋找床位，找到之前不告訴任何人朱顏的情況，朱顏不做核酸，只用抗原自測，否則只會給她帶來痛苦和困擾。

　　香港仍有不用登記，直接在便利店買後插入手機就能用的臨時手機卡，為防止朱顏的手機信號被追蹤到，夜航給她買了一張臨時手機卡，讓她先用這張。朱顏說，你趕緊讓你媽給你開無犯罪證明，然後去上班罷，我自己在家能行，夜航說不打緊，等你好了我再去，況且這樣的情形，我一旦去了，做核酸若是做出什麼來，非但上不了班，怕還有更多麻煩，朱顏聽罷，赧顏道歉，夜航情緒激動，他克制著柔情蜜意般的痛苦，說，再也別說這些話了，咱倆一起度過難關，才是目前的正事。朱顏見他這般說，又細心地看了他一會兒，像確定他是認真的，才鬆緩了緊張的神色。

　　近來網上的香港媒體中，有質疑香港效仿大陸，在全球都要與病毒共存的時候，香港卻為了跟大陸通關而對外封鎖，是不是要與國際社會隔絕的；有說香港若不與大陸的清零政策徹底一致，則仍然無法與大陸通關，目前看來通關實則遙遙無期的；有說香港喊來了大量的大陸醫療人員參與防疫救援，港民質疑他們沒有在香港行醫的資質，有記者就此提問卻被媒體直接開除了，疑遭香港政府打壓了的；有說大陸來幫忙的醫療人員都是一線從

業多年的兢兢業業的醫護，香港方面卻設置壁壘，給這些醫護分配作業時不讓他們對病人實施治療，而只讓他們做看護，既不公平又浪費資源令人噁心的；還有播報志願者在社區的一日工作內容，說社區人民多虧他們而獲得了許多幫助，因此要感恩黨中央的。大學專業群裏的學員們，大多是大陸人或大陸移民，只有一兩個香港本土人，他們雖說已經畢業，在得知香港政府未強制各高校停止面授而轉為線上教學時，紛紛在群裏轉發下一屆學員集體致林鄭月娥的公開信，譴責香港政府防疫不利，遲遲不封城也不做全民核酸檢測。

　　沒幾天，香港政府在新聞中發佈了各高校暫停面授課的決定，林鄭月娥說香港與大陸不同，為保證其國際與金融特徵不受影響，決定不實施全民強檢與全城禁足，只對疫情嚴重的區域小範圍禁足，公交地鐵也未禁停，雖然減少了班次。夜航所在的美麗都大廈未受波及，因此他可以正常出門，採購和為朱顏買藥。

　　夜航給加過微信的幾個同學發了消息，但沒說是朱顏染病，只說是自己一個朋友染了病。夜航平時沉默寡言，與本專業的同學並不熟悉，加過微信的人極少，但果然其中一人手頭有蓮花青蘊膠囊，說能勻出幾盒，贈給他的朋友。夜航千恩萬謝地感激不盡，執意在微信上轉錢，對方卻不收，他告訴了同學他的地址，說是朋友住的地方，讓同學送到門口信報箱，他再叫朋友去拿，避免接觸和交叉感染。

　　他怕朱顏多想，只說是自己的朋友給的藥，沒有告訴朱顏是同學給的。就這樣他收到了兩盒蓮花青蘊，夠朱顏吃幾天了。

　　夜航每天陪伴著朱顏，朱顏每一咳嗽就上氣不接下氣，暗白的臉漲得通紅，全身艱難地擠向中間的肺部，夜航被內心深深的

痛苦與自責折磨著，晚上攬著朱顏直到她終於睡著了，他自己卻常常直到後半夜才勉強入睡，他們把床尾當床頭，睡前視野對著窗戶，至少比對著屋內的廁所開闊些。夜闌人靜時，夜航攬著朱顏的身子，貼著她的頭髮，被她的氣息圍繞著，每晚都有想將她徹底吸進鼻子裏，變成自己的一部分，或徹底融入她成為她的一部分的衝動。

在難以按捺的心蕩神馳之中，他雖然身體激動得厲害，但卻每次又在矜持和隱忍之後，被心中的憂慮與柔和化開了。他只是一遍遍撫摸朱顏的頭髮和後背，既心疼又為能抱著她入睡而感動、踏實。

朱顏似乎在他每次全身緊貼著她時，也感到緊張，但她更多的時候，被自己的氣喘與咳嗽折磨得無暇應對，直到終於安靜下來了，往往就精疲力盡地睡去了，剩下夜航一人在暗夜聽著朱顏的呼吸，睜眼望著窗簾外比屋裏略微亮些的微光。第二天早晨，朱顏咳醒後，夜航很快就被驚醒了，趕緊起來給朱顏燒水喝，餵她藥吃，幾天下來，夜航睡眠不足，每天心口都很沉悶，心尖像被什麼東西刺著、挑著，他從未經歷過這樣的生活，雖有與朱顏在一起的興奮和甜蜜，卻也常常獨自惶然。他背著朱顏悄悄吃了艾司唑侖片，離家前母親給他的，叫他失眠實在厲害時再吃，他接連吃了兩天，稍微睡得踏實了些。

朱顏在圖書館借的書馬上到期了，夜航拎著她的一箱書坐地鐵到油麻地站下了車，步行去圖書館幫她還書。

窩打老道沿路是一座座基督教教堂，木棉樹寬闊的樹枝掩映著道聲書局和真光女書院燕麥色的牆壁，他走過培正小學旁邊的天橋，來到主校區，走上一級級的臺階，一年多以前，他就是

在這個臺階上遇見朱顏的，她挎著挎包走上臺階第一次與他打招呼，他雖然知道她是同一個專業的學員，有些講座也和她選在了同一個課次上，卻還沒有機會與她說話。

夜航繞過一個彎，走到主樓前，小廣場上空無一人，樓門大開，裏面的走廊也空蕩蕩的沒有人，只門口陽傘下，有個保安慵懶地坐在椅子上打著盹，夜航要進去還書，保安說還什麼書，前幾天出來的政策，學校全部關閉，還取消了九個國家的航班，延遲還書不會算逾期，回去罷。夜航只好沮喪地拖著箱子往回走。

走前他看了看四周，斜坡旁的棕色玻璃窗是食堂的窗戶，他眼前浮現出自己之前來食堂買叉燒蓋飯的情形，食堂的師傅見他老是點同一種菜，因此認識了他，經常笑眯眯地調侃他不懂得換口味。他有時也把飯帶出來，在小廣場的露天陽傘下吃，這裏雖然處處有他的蹤跡，四顧卻又什麼也尋找不到了，他對著空蕩蕩的桌椅回想著，不真實得就像發生在別人身上的事一樣。

一只鳥兒在閃爍的陽光裏，飛進了咖啡廳上方的平臺，大花紫薇高高的樹梢搖曳著，細細的撲簌聲打破了沉寂，四下的窗戶全關著，左側中國銀行網點的玻璃門也緊閉著，陽光斜照在主樓高處長廊兩端的墨綠色玻璃上，反射著綠葉似的光亮，風從佛光街吹過來，在夜航的臉上飄過，這裏的寧靜與旺角或尖沙咀的繁華破舊截然相反，令夜航覺得虛幻。

他走到臺階前的長椅旁，望著高高的幾十級階梯，為了不把箱子輪底磨壞，要抬著走下去，夜航疲憊，先在長椅上坐下了，好不容易可以一個人呆一會兒，透一透氣了，這些天他每天都很累。垂葉榕的綠葉從他斜上方向前伸出，在他頭頂微微搖晃著，他經常坐在這個地方，望著身前走過的來來往往的人，或對著筆

記本電腦看書和寫詩，然而這一年他寫的詩比以前在殷京時少了許多。夜航坐在長椅上，像沒有坐在香港，而是坐在記憶與內心溝壑的最深處，回憶著這一年多在香港的時光，甚至更久遠的時光。

　　夜航一直酷愛文學與寫詩，來香港前，大學畢業後的他在殷京已經做了三年編輯，堅持寫詩則已經十幾年了，他雖然沒怎麼投過稿，但在孤獨中寫了大量的詩。他所在的公司是做圖書策劃與出版業務的，老闆與河南文化界人士有著諸多來往，藉此他也認識了一些在殷京的詩人。他把自己的東西給他們看後，他們覺得他有潛力，有人就推薦他在雜誌上刊稿，說不在雜誌上發稿，再怎麼寫得好都難以被文學界承認，那人慫恿他說，現在在雜誌社發稿都要錢的，他這樣尚且岌岌無名的寫作者，要想登稿更要肯於花錢，於是帶他見了一個刊物的副主編，讓他請他們吃了一頓海底撈後，告訴他如果掏三千塊錢，就能給他刊登三期的詩。他雖覺得不妥，禁不住攛掇和想發表的願望，最終給了錢。

　　詩發出來之後，效果不錯，他也因此加入了一個官方詩會，定期參加他們的活動，但他不喜歡他們油嘴滑舌的腔調，後來他漸漸與他們熟悉了，更加瞭解了他們的行事風格後，才知道那牽線叫他給雜誌錢的人，是為了給副主編拉客戶，借此拉攏與刊物的關係，再後來，他在一個文學群裏看到這雜誌公開向作者要錢的價碼，更知道自己在價錢上也被坑了，根本不用三千塊錢。他非常氣堵，花錢登稿的事如骨鯁在喉，一想起來就難受。中國大陸的文學刊物，由於報刊亭被全面關停，普遍失去了面對客戶的銷售前線，僅靠著一些老客戶維持著訂購，難以滿足經費開支，政府對雜誌撥款有限，許多刊物因此不再給作者稿費，反而倒著

向作者收費，刊物編輯收錢發稿，作者往往是官員或大商人，他們中的大部分人東西寫得很糟糕，但結交他們能給編輯帶來利益，因此雜誌刊登的文章品質不斷下降。主編或副主編有時要價很高，收的錢也多半裝進了自己的腰包。

夜航發現他們賺錢的做法，沒有一個是正當商業的，大多是借著在文聯或社科院成立協會，組織活動，招標自己操縱的公司承接項目來撈錢，文聯經費有限，為此他們表面祥和，背後卻紛爭不斷。夜航所在的文化公司老闆也參與其中，他們請客吃飯，喊夜航來作陪，夜航插不進嘴，只老老實實地陪著喝酒，眼看這些人一拍即合，在飯桌上吃喝之間，就定下一樁樁勾當，夜航雖不感興趣，但對這些事情的連續目睹，長時間來就像堆積在他心頭的陰雲，難以散去。他漸漸遠離了他們，他們也發現他不是同一路人，沒有可以榨取的價值。

在他的詩被刊載後，原先口口聲聲把他當朋友的一些人，發現有評論者開始給他寫評論，就轉而攻擊起他來，彷彿他踏入了本不該踏入的屬於他們的地盤。但他發現那些攻擊者並無定見，言語經常自相矛盾，他們一方面對陀思妥耶夫斯基、魯迅等人推崇備至，轉身卻又對政客權貴極盡阿諛諂媚，他發現他們的心理動機只源於兩點，嫉妒與撈錢。他看了他們寫的東西，發現他們對於真正的精神生活，對美、理性、愛與道德全無渴望與憧憬，只醉心於表面的文字雕琢，在心靈的停滯中，喋喋不休地堆疊著言辭，為竭力使文章看起來花樣翻新而傷透腦筋，為營造出使人費解不知所云的東西而沾沾自喜，對於人在現實中經歷著什麼，人的精神世界有何種可能性，他們毫不關注。然而，這樣一群文辭掌故的癖好者之中，卻有人打著現代主義的旗號，一邊叱吒風

雲製造著不鹹不淡、顛三倒四、空無一物的語句，一邊在背後幹盡勾結政客、撈錢貪錢的勾當。對於他們的攻擊夜航毫不在乎，他有自己的精神追求，那就像他的生命，一個活著的人，時刻會因為活著而呼吸，思想與精神的渴求對於夜航來說，就像呼吸一般自然真實，寫詩對於他來說，是嚴肅誠摯的生存的直接產物。然而，夜航的公司老闆在撈到老家的作協副主席頭銜後，得知文聯想樹立本地的文叢項目，他作為作協副主席以自己的公司競標顯然不合法，於是便想找人成立空殼公司，再轉至現有的公司運作，因此打起了夜航的主意，想利用他的名字成立空殼公司，夜航聽罷終於忍無可忍，辭掉了工作，用自己幾年來攢下的積蓄，以寫作者的身份申請了創意寫作碩士專業，來到了香港。

　　香港並沒有讓夜航看到希望和安慰，而是帶給了他許多新的痛苦。香港的創意寫作課，講的多是文學史和修辭常識的介紹，極少有基於作品和寫作經驗的真實研討與交流，這裏同樣充斥著卑俗的藝術觀，充斥著以百無聊賴地玩弄技倆為目標的觀念，和站在精神追求之外對藝術評頭論足的人群，他們追捧的仍是形式上的花樣翻新，而這些花樣有何精神意義，標準何在，則完全不討論，他們只甄別寫法差異，與夜航在股京見到的遠離人的生命與生活的文人如出一轍。另一些課程，則是文學史的獵奇與花邊信息的講述，夜航發現張愛玲在香港備受推崇，原因是張愛玲在香港讀過大學，夜航早年很喜歡張愛玲的一些中篇小說，但他發現，這些人把張愛玲的經歷如數家珍，卻對張愛玲作品中自我反省與批判現實的精髓全然不提。他發現他們的文學史框架，幾乎全是外在於文學而在政治語境下分類的，這套話語系統與他在大陸見到的幾乎雷同，而缺少文學本身的意義，一切都毛毛草草混

亂地雜糅著，沒有被真正地對待，說是創意寫作碩士，幾個教員中雖然有人出過一兩本書，但從教師到學員，幾乎沒有真正寫東西的人，教學形式也僅是教員逐字逐句對著 PPT 解釋，學生聆聽的最原始的滿堂灌輸的模式。

夜航每天與一群熙熙攘攘的人擠在無窗的屋子裏，戴著口罩聽講座，他坐在他們之中如同天邊一顆孤獨的星辰，他嚴肅的追求得不到交流與認可，更無助於完成課程任務，課程任務反過來對他的精神追求與創作也並無幫助。但既然來都來了，就算他退出專業，學費他們也不會退給他的。夜航已經二十六歲，出於在殷京的無望而來到香港，但以往的經歷和目前的處境雖然不同，卻連成了一片整體的茫茫夜霧，看不到未來與邊界。

直到注意到朱顏之前，夜航每天一直都在徹底的孤獨中度過著。雖然他與朱顏只有兩個講座選在了同一時段，兩人說話也極少，長達三個月都是僅僅偶然見到時打個招呼，但他憑敏銳的直覺，本能地覺察到了朱顏與那些人的不同，也許是心中的愛情所致，認識朱顏後，他漫長的痛苦雖然每天仍把他置於如在荒野般的孤獨中，但這孤獨卻因為有了對朱顏既模糊又持久的掛念，而變得舒緩和可以忍受了。

他每次在講座上，默默坐在屋子後面望著朱顏，她成了他寂靜的心中的一潭活水、一線生機。他自慚形穢地覺得配不上她，但這種配不上，並非以自我貶低被感受到的，而是以格格不入被感受到的——她怎麼會愛他呢？他有哪一點和她一樣呢？

他選的大都是晚上的課，香港不允許持學生簽證者打工，白天，他在圖書館一呆就是一整天，累了，就躺到校區六樓的休息室的墊子上睡覺，來往的香港人用粵語嘰嘰喳喳地說話，潮水

般翻上來又褪下去的聲音，他完全聽不懂，因此就像大自然跌宕的響動，在他皮膚上穿梭著。

他終於忍不住了，加了朱顏的微信，有時在微信上偶爾問她一句什麼，借機和她說幾句話，等她終於在他的祈盼中回復時，他捧著手機，難以遏止地興奮著，然而他害怕太冒進會惹得她反感，破壞掉好不容易與她說上話的機會，連累他不得不又重新回到消沉無望中，所以道了晚安就趕緊閉嘴了，懷揣著如勒住他脖頸的烈酒一般令他神魂顛倒的隻言片語，躺在床上反復回味著。

夜航添加朱顏的微信，開始與她說話時，他已經離開美麗都大廈，住在了噗噗青旅。一次，他問朱顏某一科論文寫完沒有，她說還沒有思路，他大著膽子說他每天都在圖書館，問她是否也可以來圖書館，他可以和她一起做，她回消息說她有哮喘病，沒法在不開窗的室內久坐，明天又要去買治哮喘的藥了。夜航一聽她有哮喘，心就一緊，忙說我能不能陪你去買藥，她過了十幾分鐘才回信息，那十幾分鐘夜航坐立不安地盯著手機，像在等待對命運的裁決，她回復說不用，我自己去就行，他的心一下子像跌到了深谷，既沮喪又踏實，然而她卻發來了個奧特曼的表情，字幕上寫著又是美好的一天，他心跳劇烈地匆忙道了晚安，不知道自己面臨的，究竟是怎樣的處境。

隨著他與朱顏說話漸多，朱顏分明察覺到了他的意圖，碰見他時常常趕緊躲開，聽講座時所坐的位置，也有意遠離了他，他覺得自己是令人反感的禍根，分外哀傷，也主動躲著她了。

他住的青旅雖有洗衣機，但晾衣服不方便，青旅夜裏有打工者很晚才歸來，早晨有人很早就起床了，雖然同屋的人不怎麼說話，仍會在他睡覺時製造動靜，因此每隔幾天，他就去二零一九

年來香港旅遊時住過的 Casa 酒店住上一晚，洗洗衣服，睡個踏實覺，再搬回青旅。

　　這天夜裏，他在 Casa 酒店的臥室，心裏想著朱顏而睡不著覺，又插上了耳機，聽起了最近常聽的「關於鄭州想的全是你」。最近他在圖書館、主樓前長椅上，或躺在六樓的墊子上時，經常聽李志的這首歌，往復低沉的曲調，將過往的乾柴聚集在回憶的火焰下，如遙遠的孤燈在他又黑又深的意識深處燃燒。他拉開窗簾，對面樓斑駁老舊的墙壁上，鑲嵌著比夜空還漆黑的玻璃窗，他望著高效老舊地運轉了一百年的沉睡的香港，心緒難平，歌曲像反復徜徉的哀傷，讓他浮起又飄落，一瞬間他無法再掩藏，哪怕被回絕後所承受的哀傷，仿佛也遠大於了此刻繼續掩藏下去的痛苦，他哆嗦著握起手機，給朱顏發微信說，我想唱歌給你聽，說完竟真對著微信用語音唱起了這首關於鄭州想的全是你，唱完自己卻像受到了驚嚇，連說著抱歉。他有許多話沒有來得及說，但已經十分後悔自己的衝動，不知道她會如何回應，他並沒有豁出去後的豪邁與解脫，反而無比懊悔，他消沉地進入了睡夢。第二天沒收到她的回復，他帶著行李從 Casa 酒店搬回了青旅，又是一夜難眠，他寫了首情詩，直接發給了朱顏，詩的內容直接、熱烈，發消息的語氣卻謹慎、猶豫。朱顏直到第二天中午，才回復說寫得挺好，就是副標題致朱顏三個字不好，他趕忙說不會在任何地方發表的。

　　他心寒至極，感到朱顏分明對他沒有什麼好感。從那以後，長達數月，他意態蕭索，甚至在面對周遭或遠或近的那些明顯不對頭的然而在時代主流中卻大綻舞姿、高聲演繹的一切之時，竟開始懷疑起了自己的追求。他的追求明顯不符合目下的時代追

求，他為此彷徨痛苦，但他本來就不認同什麼時代追求，在詩歌寫作上根本就不應該有時代追求，任何時代有價值的文學作品，其本質都是反對時代追求的，也就是說，不是追逐時代，而是反省時代的，然而，他讀過的許多令他深感虛假的文本，堆積在他的心坎上，他對自己不斷地發問，在巨大的疑問與思索中，他終日蜷縮在青旅的床角，孤苦忍耐地度日著，卻說不出任何話來，詩也寫得少了，他像一灘無法腐爛的廢墟，抱著只有自己知道的強烈痛苦，外表看起來卻平靜得如一潭死水。

他心靈的土壤停止了勞作，野草開始漫無邊際地瘋長，纏繞住他的思想與肉體，左右側鬢角的頭髮已經延伸到耳垂之下，每日出門戴的口罩掩著嘴角和下巴日漸變長的淩亂的鬍鬚，而今愛情的希望破滅了，他潦倒而輕鬆，沉沉靜靜的，除了上課之外，基本上能不去校區就不再去，到點就去上課，下課立刻先走，他不願意見那些學員當中的任何一個人。畢業後他仍舊住在青旅，像許多留在香港的青年一樣，他也抱著碰運氣的想法，尋找著工作，他從大學微信群裏他們的對話中，看出大約有一半以上的學員回到了大陸。校方拖到三個月後的十二月初才發放學位證，他談妥了保安公司的工作後，想先回一趟大陸看看母親，再來香港入職。

他在網上訂好了從深圳灣回大陸的席位，回去前幾天的一個晚上，他重新住進了 Casa 酒店，他蕭索地遊蕩在街上，路過彌敦道一個飯館，瞧見門樓的招牌上寫著湘土情菜館，一下子想起了朱顏是湖南郴州人，就拍下餐館門樓，連同位置發給了朱顏，問她知不知道這家湘菜館，不知口味如何，但可以去嘗嘗。他發這條消息時，心態消沉平靜，他已經半年沒有和朱顏說過話了，

甚至不知道朱顏在香港還是回了大陸。

朱顏很快回復了一個抱拳與流淚的神情，說，謝謝，真不容易，他心裏一跳，回問誰不容易，你嗎？又問，你現在在不在香港？朱顏說在香港，因為沒找到工作，就又在本校報讀了個雅思短期課程，為繼續申請讀博士做準備。他仿佛明白了朱顏的話，他所感到的孤獨壓抑，朱顏想必也有，想必許多漂泊在這兒的人都有。他怕無法平心靜氣地與朱顏對話，努力把持著激動而壓抑的內心，他說他要回大陸一趟，問朱顏回不回去，朱顏說還不確定。時過境遷，他像在面對過往已久的故人，像在從遙遠的深處抽絲剝繭，嫋嫋餘溫翻騰著，絲絲地冒著雖然看不見卻在擴散的熱氣，他無法再計畫或猶豫，心中只是感慨，但正因此與朱顏說話也親切了許多。他說他回大陸要隔離，朱顏說多久，他說深圳十四天酒店隔離，還有殷京七天居家隔離加七天居家健康監測，朱顏說，人生的一個月就這樣度過了，多荒唐，他記得很清楚，聽到這話時，他驟然也像感到了自己的寶貴，是啊，人生的一個月，一生能有多少個一個月？

他坐在 Casa 酒店幽暗的床上，與朱顏發著消息。窗外開始有沙沙的微弱但持續不熄的聲音，像從彌敦道上方的夜空深處擠壓出來的，他拉開窗簾，街上的路燈光像年邁者的蒼蒼白髮，路中間的椰子樹又高又長的身體緩慢而整體地左右搖晃著，沙沙聲就是從那裏發出的。他想起在網上看到的颱風預告，對朱顏說，今晚好像有颱風，朱顏說，是，他說，你見過颱風嗎，朱顏說，沒有，他說，要不我們出去看看吧，說完才意識到，自己竟在約朱顏出來了，朱顏問現在嗎，他沒有絲毫的躁動或緊張，他說去看看吧，一年後如果不在香港了，未必還能看到的，朱顏問，你

在哪，他說我在 Casa 酒店，彌敦道與窩打老道交叉口，你呢，朱顏說我和畢業前一樣，一直在九龍塘，他說我坐地鐵去找你，朱顏說，你離尖沙咀是不是不遠，他說對，只有兩站地鐵，朱顏卻沒回消息，他又像要陷入矛盾的心境裏了，他有些煩悶，把電腦放在一旁，歪躺在床上，過了幾分鐘，朱顏回消息說，我去找你吧，我收拾一下就去，他看見後趕忙說，你坐地鐵到油麻地，D 出口，我去那兒等你。

他從床上爬起來，跑下樓去酒店外的 Seven-Eleven 買了個刮胡刀，樓下有賣甩貨的衣服店，他穿的是從大陸帶出來的灰色開衫毛衣，袖口已經磨白，牛仔褲也好幾天沒洗了。他買了個灰色拉鏈外套，一條運動褲，上樓對著鏡子刮淨了鬍鬚，看時間來得及，又沖了個熱水澡。熱水的聲響從頭頂垂落，裏住雙耳，持續滾燙地擊打在脖根與後背上，濺起沸騰到浴室邊邊角角的蒸汽，他仰頭讓水淋在臉上，頭髮向後幾乎能紮起小辮兒了。他撈著濕漉漉的頭髮，仿佛很久沒有生活過了，不管是在街上吃飯，去校區上課，還是畢業後找工作，他一直像個遊蕩的鬼魂，來香港後還沒有和任何人坐下來一起吃過飯，他雖懷著隱秘的激動，此刻的朱顏卻更像是把他拉回生活的值得信任的朋友。

洗完澡，他默默地坐了一會兒，朱顏發消息說還有一站地鐵就到了。他跑出酒店，來到地鐵口時，朱顏正從臺階走上來，她穿著平底便鞋，暗藍色呢絨外套，染得淺黃的頭髮向後紮成略微蓬鬆的骨朵，他一見到朱顏便揮起了手，朱顏口罩上方的眼睛裏抹過一縷仿佛他所熟悉的眼神，他雖然不經常見到她，卻仿佛對她的一切已了然於胸。她走上來，來到他身旁，他一直沒有機會與她單獨相處，現在竟真的把她喊出來了，他沉浸在喜悅之中，

心底霧霾盡掃，整個宇宙都像是他的一樣。

　　他興致勃勃地說，咱先去吃飯吧，湖南菜館？朱顏用複雜的眼神看了他一眼，又移開了。他分明感到了不尋常的氛圍。她在出來見他這件事上，是極凝重與認真的，是做好了見他就代表著可能發生什麼的準備的，絕非大大咧咧，或像他此刻見她一面就已經像是奢求了一樣，明顯不是，他從她表情的決絕與忐忑上，很快捕捉到了這層意思。她說我不餓，說罷沿路開始往南走，他跟上她，走在她的身旁。

　　他愛她，不錯，他非常想見她，不錯，但他原本已不抱有靠近她的希望了。在她難以掩飾的心神不寧的情緒的感染下，他壓抑著的渴望又開始在心底踴躍。她的袖口不時擦著他的，她的氣息離他那麼近，飄進他的鼻息裏，籠罩在他的身上，他也不安寧了，開始忸怩和激動。這似乎順應了她的要求，他倆漸漸都安靜下來。

　　十字路口，後車車燈頂著前車，一輛輛緊挨著排著隊，腳脖子上紋著黑色鏤空紋身，穿黑色皮夾克的年輕女人騎著高頭大馬的摩托，停在兩輛汽車中間。他想起兩個月前，有一次走過這個路口，一走神兒沒看紅燈，剛邁出腳走下臺階邊緣，就仿佛有閃動的響聲出現在右側，往右看，一輛公共汽車已經對著他開來，他趕緊退回臺階，幾乎一秒之後，車像個快速閃動的陰影從臉前飄過了，他過一會兒才明白，剛才差點被撞死，他胸口湧著難言的憋悶，在臺階上來回走動，不遠處手拉手等紅燈的一對男女正無聲地直勾勾看著他。此刻他想起那一幕，情不自禁地伸出手拉住朱顏的手，朱顏的暖暖的、軟軟的、有著具體形狀的體溫，第一次直接傳到了他的指尖和手掌上。他身體恍如在搖晃翻滾著，

他說，這裏的車開得太快，他們只看路燈不看行人，而且靠左行駛，和咱們那兒不同，千萬別不小心闖了紅燈。

　　他攙扶似的捏著朱顏的手，穿過路口，他的手將要縮回時，卻又像僵硬了似的，仍牽著她的手。他瞟了她一眼，她看著腳下的路，像在以某種姿態回應著他，他和她距離像是既太近，又太遠，他小心地捏著她的手掌，適應著新的局面。漸漸的，朱顏和他的隱秘交流，像一個與外界隔絕的殼子，罩住了他與她，他越來越安寧、沉醉。

　　他們穿過梳士巴利道，從香港藝術館走到了海邊。海邊有個露天酒吧，夜航以前在傍晚或下午路過時，經常會買一杯 Project Beer 坐著喝一會兒。酒吧已經打烊，裹著與深灰色皮膚顏色相近的頭巾的穆斯林女人們，正在收起鋪在地上的方格布單子，她們從下午起就坐在這裏吹海風了。跑步的人們穿著健身服從夜航身邊路過，藝術館的臺階從下到上，坐著無數對身影模糊的年輕情侶，兩年前曾站在舉世矚目的聚光燈下的香港青年，此刻正紛紛沉浸在黑夜底部，三兩成群地散著步，或在人山人海中寂靜地坐在石椅上依靠著彼此，滿臉端莊與熱烈，如挽留希望一般挽留著愛情。夜色中的香港，像一個步履蹣跚地走在黑漆漆夾縫中的老人，海水從近到遠，晃動著紫紅色的細小波光，夜航拉著朱顏的手，走在星光大道東側，他胸中藏著難以說盡道清的千言萬語，他飽受愛情與苦痛折磨的尚且年輕的心靈中，累積著諸多回憶、思索與令他激動的痛苦，他沉默而熱烈地由握著朱顏的手，轉而摟住朱顏的腰，他緊緊偎依著朱顏，站在熱鬧而又幽靜的散步道欄杆旁。他的目光穿過無數漂在海上的濃烈如硝煙的燈影，凝視著香港島上方的夜空，兩艘如古時戰船一般的造型的客輪，仿佛

行駛在沒頭沒尾的夢中，驟然劃開紫光，掉頭駛向了遠處。夜航第一次依偎在朱顏的髮鬢上，他貪婪地緊貼著她的氣息，熱烈與顫抖並存在他的戰慄中，他摘下朱顏的口罩，平生第一次看到朱顏的臉，他們從來都是戴著口罩去校區的。她揚起淺白的雙頰，迎著他的目光也望著他。他說你真美，她說哪里美，他卻無法再說出什麼了，他的嘴突破了心靈的封鎖，貼在她的髮鬢線與額頭上，被喚醒的滾燙的熱情噴薄而出，他捧著她的臉，撬開她的嘴唇，日益堆積的對她的渴念全都變成了吻，她悄然無聲然而也愈發激烈地回應著他。那天晚上，他不知吻了她多少次，直到她煩悶地將頭別過去了，他仍然捧著她的臉，仿佛致歉似的一遍遍撫弄她的頭髮，用手指從她的頭頂捋到後腦，讓她像貓一樣舒服地眯起雙眼。

海水變得激烈起來，遠處燈火猩紅的倒影的碎片，晃動得越來越凌亂，他收回遠眺的目光，身下黑色的水花激烈地奔騰著，打著卷兒掀起來，潑到岸上二人的腳邊，又折返回去了。空中下起了毛毛細雨，身後酒吧的棚子被風吹得呼嚕嚕地轟響，朱顏的頭髮從夜航手邊揚起，看不見蹤影的雨絲刺在他們脖子上，毛茸茸地打在他們臉上，風越來越大，夜航挽著朱顏走回了梳士巴利道，路人因為颱風刮起而驟然減少，空蕩蕩的彌敦道濕漉漉的路面映著街燈，整條街閃爍著昏黃又刺眼的亮光，椰子樹高聳的樹冠像復活的動物一般嗚咽搖擺著，從高樓伸向道路的腳手架上，層層疊疊的遮擋布被風掀動撕咬著。夜航和朱顏奔跑到馬路中間的花壇上，倚著紅綠燈杆摟抱著彼此，夜航說，你看，旁邊就是重慶大廈，朱顏順著所指，看到斜前方匾額上重慶大廈幾個生鏽的大字，門口有幾張棕銅色的皮膚如皸裂了一般的灰暗的臉坐在

臺階上，默然無聲地對著颱風，朱顏說，聽說這兒不安全，我以前就算路過，也會儘量躲開不從這裏走，夜航說，這都是口口相傳的偏見，我之前就住在旁邊的美麗都大廈裏，後來退房後，住在這條路裏頭的青旅，他指著麼地道說，偶爾也像今晚一樣，住一次 Casa 酒店，你說的這些中東人一直以來備受歧視，他們不見得比黃種人或白種人更壞，重慶大廈十幾年前出過罪案，但曝光度高主要因為中東人和各國人聚居在此，現在這裏到處是攝像頭，非常安全，雖說這裏住的人大都是二代或三代香港移民，應該算香港人了，但仍遭受著歧視，重慶大廈裏的印度後裔開的餐館，做的咖喱飯非常正宗，改天我帶你去吃。

夜航仿佛感到自己說多了，忙又忐忑地解釋說，親愛的，我是在講道理，沒有反駁你，注意安全是必要的。他叫出一聲親愛的後，瞬間意識到自己的感情有了著落，因為有了身旁的朱顏，他在狂風之中敞開了心胸，豁達得像與世界融為了一體，他還想要解釋什麼，朱顏卻用嘴封住了他的嘴，兩人每次一吸上彼此，就難以收回地吻很久，他餘光看見重慶大廈門口的幾人都在靜默地望著他倆，便說，我們走吧。

兩人手挽著手，像兩個頭一次睜開眼面對世界的嬰孩，一路且走且跑，來到 Casa 酒店門前，酒店的門廳像印在牆底的昏黃的燭光，他說，要不你上來坐會兒吧，說完又覺得唐突，朱顏笑了一下，目光沉靜篤定，而含著信任地說，我還有雅思課任務沒弄完，這兩天要交的，他趕忙順勢點點頭，把朱顏送上地鐵後，恍恍惚惚回到旅館，渾身烙著與朱顏接觸的滾燙的印記，那晚，他幾個月以來頭一次沒有失眠，一躺下就睡著了。

還沒走嗎？一聲含混的普通話問道，夜航抬頭，是剛才圖書

館門口的保安。夜航從漫長的記憶中遲緩地蘇醒來，他說，還沒有，休息一會兒就走。保安如暮色般深藍色的背影消失在了拐角裏，夜航從垂葉榕的樹葉下站起來，剛才每片葉子鞠起的點滴陽光，現在已然褪去，頭頂上高處的玻璃仍然金光熠熠地閃著明亮的光斑。他拎起書箱，走下了臺階。

第三章

1

　　夜航拖著朱顏的箱子從窩打老道走回了彌敦道。回到住處，已經下午三點，朱顏說怎麼去了這麼久？夜航說書沒法歸還，校區已經沒人，圖書館也不開門了。

　　夜航把路過菜市場買的牛肉和芹菜洗淨，放在長桌上的案板上切好，他正在洗漱間炒著菜，朱顏卻拉開拉合門進來了，夜航說，這裏嗆得厲害，你快出去，朱顏卻用手驚慌地指著外面，夜航忙關上電磁爐，門上響著檸把手的聲音，他喊了一句，誰，旅館前臺小妮像從水下發出含混的聲音，沒事，我來檢查一下，夜航忙說，一切正常，不用檢查，朱顏這時已經躲進廁所，關上了拉合門。夜航想起半年前住在這裏時，前臺小妮有一次也直接用門卡打開了他的房門，在門口掃視了一下屋子，見他在房間裏，就又走了。他近來出於警惕，一進門就插上門閂，出門時也囑咐朱顏插好門閂，並在他回來敲門時，問清是他再開門，他怕前臺小妮發現朱顏，勒令她登記，進而發現她是陽性，將她驅逐。

　　聽前臺小妮的腳步消失在了拐角另一側，夜航忙拉開廁所門，見朱顏正在捂著口鼻，用炒勺翻著鍋裏的牛肉，他忙奪過炒勺，朱顏卻開始乾咳，她擰緊呼吸，緊張地與自己鬥爭著，夜航百般安撫，她才精疲力竭地恢復了平靜。

　　夜航把芹菜炒牛肉和香菇炒蛋端到靠門的小圓桌上，他坐在小床床沿上，朱顏坐在皮椅子上，朱顏食欲不佳，不想吃東西，

夜航勸著她好歹吃了些。

　　吃罷，夜航去收拾時，朱顏把箱子裏的書全都取出，堆放在小床上，既然不用歸還，她就又看起了圖書館的這批書，夜航看到書裏有關於文革的《外交部文革紀實》《鄉村社會的毀滅》，還有幾本英文版的研究書。朱顏明顯頭一次見到這樣的書，因此新奇地借來了許多。

　　朱顏翻看這些書，不僅出於獵奇，她在閱讀英文書時，一絲不苟地查著單詞，把它們記下來背誦。夜航在這段時期也翻看了朱顏所借的一些書，他拍下書照，在筆記本電腦上分門別類地存放、收藏。《外交部文革紀實》給他留下的印象最深，這是曾與陳毅一起工作過的前外交人員寫的，通過閱讀，夜航看到歷史事件的發生是錯綜複雜的人際互動的結果，他發現，許多表面上看起來仿佛直接發生的宏大事件，背後其實是由很多人基於不同的目的推動演變，才走到最後令人驚心動魄的結果的，也就是說，它們是許多訴求的堆積與細節的交鋒造成的。這些勾心鬥角的本質雖然普通，但對於身處要職的人來說，若行為不加收斂，便可能釀成在全社會層面影響到所有人的重大災難。夜航從小接觸過的歷史學和歷史教學，大都是觀念先行，而且只談結果，不談真實細節，歷史學沒有對人們瞭解人、瞭解人性、理解歷史事件產生任何幫助，反而助長了人們的武斷、草率與偏見，他已經幾年沒看過這樣的書了，重新看時，像被激起了一段過往，心中充盈著跌宕起伏的正義感。

　　夜航變著法子給朱顏做好吃的，朱顏是湖南人，平時喜歡吃些辣的，現在因為新冠和哮喘病發卻沒法再吃。夜航學會了做蒜蓉基圍蝦、米豆腐煨牛腩和東安雞，朱顏比他還會做飯，但因為

油煙之故，他叫她不要下廚，她往往就站在拉合門外指點，對他說牛腩要燉透，料酒不要放太多，做好之後吃的時候，又說他做得不夠好，佐料沒放夠，味道也沒有浸在肉裏，然而說完卻又十分高興，心滿意足地吃著他做的令她並不滿意的菜。

有時，他也會出門，給朱顏打包一個豬扒與河粉回來。這幾日，香港每天查出來一萬多例的染疫者，政府規定飯館六點以後全部禁堂食，街上越來越多的餐館已不再開門，還在開門的，也多數即便在白天也已禁止堂食而只能打包。去餐館雖說要掃碼，但由於打包是在門口等待，夜航發現店員很少有勒令顧客掃碼的，仿佛「和氣生財」與「共度時艱」這些夜航在大陸常常聽到的話，在這裏更像社會生活已有的共識。香港人和大陸人整體來講在做事細節上有著諸多的區別，相較而言，香港人對陌生人似乎更加禮貌體貼，雖然對與自己以某種關係較為靠近的熟人也許未必。

夜航一年前住在這裏時，經常去美麗都大廈旁邊地下商場走廊裏的一間越南河粉店吃河粉與豬扒，雖然是香港人開的店，做的河粉卻非常正宗，去的多了，那店家的人就認識了他，他這次又下去電梯到地下走廊，卻發現兩側待招租的裝修好的門面大都空著，香港防疫不像大陸一樣進行全社會的封控，因此大陸遲遲不允許香港通關，旅遊業與商業比以往凋敝了很多。

當穿過走廊發現越南河粉店仍然開著門時，他就像被戳中了記憶的靶心，他快步走上去，正在忙碌的老闆大媽一下就認出他了，說，你還在香港呢，他說是呀，老闆說我以為你回大陸了，他說我回去又回來了，老闆戴著口罩，眼角堆笑地說，香港疫情這麼嚴重，幹嘛回來，他本想說女朋友染病了，飄到嘴角的話又

吸回了嘴裏，他說，我又報了個課程，回學校做任務見導師，老闆驚了一下，疫情這麼嚴重還要見導師，那可真是麻煩，說著吩咐後廚給他做兩份河粉，兩份豬扒。老闆一臉熱情，既不叫他掃防疫碼，也仿佛完全不懷疑他是密接者或者陽性，似乎並未身處疫情的氛圍中，做好飯打好包後，熱情地遞給他，他有些吃驚，也更加重了心裏的矛盾與落寞。

他拎著河粉回了旅館，把河粉倒入湯盒中，把切好的檸檬擠出鮮汁進湯裏，朱顏覺得很好吃，吃完把全部的湯都喝了，額角與臉頰滲著汗水。

漫長的生活，像孤寂的一成不變的忍耐，在孤獨之中，他們儘量保持平和，朱顏有一把軟楓木尤克裏裏，是她從大陸帶出來的，早晨起來，陽光剛透過窗簾縫隙射進房間的時候，朱顏身體和肺部的狀態相對較好，心情和氣色也不錯，這時她會在夜航打開窗戶透氣時，彈起她的小尤克裏裏，唱一首 Priscilla Ahn 的 Dream 或 Michael Buble 的 Santa Baby，夜航則坐在她身旁，靜靜地聽著。

度過這寧靜而愉悅的美好時光後，他們洗漱完畢，就在屋子裏看一上午的書，朱顏把查過的單詞收藏進有道詞典的生詞表裏，每天都對著手機復習。

天氣不冷時，朱顏在家呆得煩悶，夜航就讓她穿上厚衣服，摟著她虛弱的身體下樓散步。快走到海邊時，彌敦道兩側聳立的高樓敞開了豁口，將白茫茫的陽光灑在路面上，他們在第一次擁吻的欄杆附近緩緩地踱著步，天星碼頭的渡船，在萬裏晴空下嗚咽著駛向對岸，海水映著藍天，像湖面一般明亮、平靜，散步的人稀稀落落地從他們身旁走過，政府規定在戶外鍛煉也必須戴口

罩，但人們紛紛摘下了口罩，吸著新鮮空氣。

　　二人向東走到人煙稀少處時，夜航鼓勵朱顏也摘下口罩，朱顏面露愧色，仿佛在做不道德的事，夜航好生勸慰，她終於緩緩摘下了口罩。她先是短促輕緩地吸氣數次，口鼻漸漸適應了冷空氣，最終可以長長地吸氣之後，她整個人就像重新回歸了生命，目光閃閃地煥發出近來少有的活力。她揚起臉，對著藍天深深地呼吸著，有時，他們在海邊一坐一下午，直到傍晚刮起風來了，才回到旅館。

　　旅館的房間狹窄，屋裏沒有衣櫃，他們將衣服成堆地掛在小圓桌旁牆上的一排掛勾上，小床上堆著他們的電腦、書和她的尤克裏裏，晚上他們依偎著睡在大床上，朱顏這幾晚一直穿著秋衣秋褲睡覺，她每到晚上就發病咳嗽，她急促的呼吸與氣喘漸漸平復下來，即將入睡時，夜航摟著她的後背，總能摸到她胸衣紮得緊緊的束帶，他想說解下來吧，勒得多難受，但見到朱顏已經沉靜下來，開始入睡，又忍住了，沒好意思說出口。

　　終於有一天晚上，他忍不住在朱顏睡前詢問了她，朱顏用沖到他臉上的急促呼吸代替了回答，她縮在他的懷裏，不再顫抖，安靜地蜷縮著，像在等待什麼，他大著膽子，將手伸進了她的秋衣之下，從後背給她解開了束帶，許久沒有體驗過的感受再次迸發了，凍結保藏在體內的激情和生命被再次打開了，他既清醒又膨脹，他的手纏繞著朱顏，在她的身上滑動，他一絲不苟地親吻著她，朱顏暖熱的身體像滾燙的眼淚，他們像被喚醒了各自遙遠的記憶，既急切又小心地探索著對方，仿佛生怕錯過什麼。夜航大學在重慶的川外上的，他像吸著大學時歌樂山清晨林中濕漉漉的空氣一般，吮吸著朱顏的乳房，替她撫平氣喘吁吁又要痙攣的

呼吸。

　　結束後，他們身心和諧地抱著彼此滾熱的身體，他回想起與她不熟悉時的漫長過往，到現在卻像夢境一般，他向她訴說著之前自己如何晚上睡不著覺，獨自一人苦思著她，每聯繫她一次又是多麼激動和落寞，朱顏靜靜地聽著，黑黑的瞳孔間跳躍著晶亮如月光一樣的閃動，然而，之前鬱結在他胸中的相思之苦，雖然歷歷在目，卻在他們擁有了彼此之後，全都緩和了、化解了，變成了為現在漫長的純淨與安寧增光添色的佐料。

　　朱顏雖然有病，他也十分窘迫，他卻像獲得了最為珍貴的滿足，雖然這滿足中依然充斥著糾葛，卻令他覺得，任何別的方式都不如目前的相對而言更美好。

　　在夜航的照顧下，朱顏病情漸漸穩定下來了，她雖然每晚入睡仍然困難，睡前哮喘仍經常發作，但這幾日沒有再加重，然而過了幾天，兩盒蓮花青蘊快吃完了，朱顏自測抗原卻仍然陽性，夜航再問那個寄藥到美麗都大廈的學員時，他卻說手頭的藥已經全都贈給了別人。

　　無奈之時，夜航有一天晚上給母親打電話，想問問母親能否尋找除了正規快遞之外寄藥到香港的途徑，母親接起電話，猶豫良久，才像鼓起了勇氣一般對夜航說，媽媽其實沒在家，已經被集中隔離了。

　　夜航心猛然一緊，連忙問怎麼回事，母親似乎在手機的對面艱難地喘著氣，她說，你走後，社區的人有一天打電話問你兒子哩，我們正在統計有多少人還沒打疫苗，打他的電話打不通，我跟社區說他又去香港了，社區一聽，立馬說香港疫情那麼嚴重，怎麼又去香港了，我多嘴說了一句他女朋友得了奧密克戎，他去

照顧她了，社區的人立刻嚇壞了，說你在家別動，我們馬上派人去找你，然後就來家裏把媽媽拉走了。

夜航聽罷，如被轟雷擊穿了頭顱，著急地說，我這次來香港之後又沒有再回去，根本沒接觸過你，他們隔離你幹什麼，哪有任何政策依據，你沒跟他們講道理不讓他們隔離嗎？

母親說，這時期有什麼道理可講，一年前你剛去香港時，殷京第六醫院查出了幾例陽性，醫生全都隔離在了醫院，醫生家屬與醫生數日都沒見過面的，根本不是陽性，也從家屬院裏一車車地被拉走集中隔離了，人家上來敲門拉走你，你不去能行嗎？攤上這些倒楣事，有什麼辦法。

夜航越聽越覺得胸口悶得窒息，他問他們把你拉到哪兒集中隔離了，母親說，互陽一個很偏僻的旅館，我也不知道是哪兒，夜航問條件咋樣，母親說，就是普通旅館，條件一般，但沒事的，多大的災難媽媽都撐過來了，小時候鬧饑荒，一走幾十裏地路去揀過破爛，上大學那會兒家裏窮姊妹太多，冬天穿的破棉襖，到春天換季買不起衣服，抽走棉花縫縫就當外套穿，到了夏天又剪掉袖子當短袖穿，四季就那一件衣裳，夜航說，時代不同了，哪能那麼比，母親說，落到他們手裏了，能有什麼辦法，夜航說，我在微信上跟社區的人說，不能叫他們這麼對你，噁心透了，母親十分驚慌，說，求你可千萬別去說，媽媽已經集中隔離了，隔離完就回家了，你一說，他們更會整到我頭上，你陪著你女朋友，好好保重身體，把病治好就在香港罷，哪也別去，也別回來。

夜航聽罷，從頭皮涼到腳心，他原本想問問母親能否有渠道寄藥到香港的，但以目前殷京的情況以及母親的處境，恐怕根本不可能找到寄藥的渠道，還會給母親添加更多麻煩，就把飄到嘴

邊的話又咽回去了。

安慰完母親，掛斷電話，夜航心情糟糕透了，他說，不行，我要在微信朋友圈上和我們業主群裏發消息聲援我媽，再不行就在微博上發，在推特上發，不能讓他們這麼對我媽。

朱顏說，你可別發，他們該說你抹黑中國了。

夜航急了，瞪起眼說，這是什麼話，什麼叫抹黑中國，我們才是真正熱愛中國的人，這是我們自己的國家，魯迅曾說人應該直面慘澹的人生，正視淋漓的鮮血，文人更應該這樣，遇見不公義的事，就應該努力發聲抵制，能抵制多少就抵制多少，不管在任何地方都應該，不單是在中國，但因為我們生活在中國，是中國人，我們愛自己的國家，所以更應該對中國的不公義之事竭力抵制，這樣才有助於社會變好，更何況那是我媽，他們正在那樣對待我媽。

朱顏把語氣放輕緩，曉之以利害地說，主要是你不在你媽身邊，她還是要獨立處理的，你沒法在現實中幫到她，而你越在網上發消息，他們整你媽整得越狠，這樣反而會給你媽帶來更大的麻煩。

夜航聽罷，如墜入了無底冰窟，他走投無路一般，急得往牆上撞頭，朱顏趕緊用手抱住他的頭，夜航表情十分難看，過了一會兒，他對朱顏說，我媽沒事的，一切都會過去的，我給你想辦法弄藥。

　　晚上，夜航給川外上大學時期的同學發消息，讓同學取出他來香港前寄去的 POS 機和信用卡，再套取一萬塊錢救他之急。夜航辦過幾張信用卡，他來香港的學費是殷京工作時攢下的錢，生活費則是用信用卡套現再以另一張卡還款，這樣拆東牆補西牆勉強維持著。香港不能用大陸的 POS 機，因此一直是他大學時期的一個好朋友在大陸幫他操作著，夜航最近仍未工作，只好先繼續透支信用卡裏的錢。

　　夜航的那位同學在川外上大學時住在他隔壁寢室，他們後來雖不經常聯繫，但每次打電話都會說兩三個小時的話，彼此把近年所積攢的經歷一股腦傾吐出來，此刻微信上信用卡欠款的數額像無底黑洞，令夜航痛苦。但他沒有給對方說自己新找的女朋友染上了奧密克戎，怕說了又要解釋許久，這樣的解釋沒法解決他的問題，反而給他徒增煩惱，他不願讓自己的窘境被大學的好友窺見。目前的狀態應該是個中間狀態，不會一直如此，但到底會以什麼方式走出，他不知道。

　　他神經繃得緊緊的，但雖然時常愁苦得一籌莫展，卻並未被全然困住，他沒告訴朱顏自己從放在朋友那兒的信用卡上透支開銷的事，朱顏家境優渥，家裏開自來水廠的，然而他雖然支撐得勉強，卻不願意花朱顏的錢，二人最近的生活開銷，全由他一人擔負著。

有一天，夜航在狹小的洗漱間做飯，聽見朱顏正在外面跟她的母親打電話，朱顏的聲音起伏不定，忽大忽小，他把電磁爐關了，把推拉門拉開一個小縫，他雖不想讓朱顏感到自己仿佛在監視她，然而他仔細地諦聽著。

　　朱顏媽媽應該是剛知道她染上了奧密克戎，朱顏情緒極不穩定，她說反正我也回不去，你說得我心裏很煩燥，你擔心有什麼用，別說了行不行，本來就容易氣喘，對，能寄藥儘量寄，寄不成就算了。然後她突然說，我讓我男朋友跟你說話，我談了個對象，還沒跟你們說，他正在這兒照顧我，說罷跳下床，拉開洗漱間的門，對夜航說，我媽要跟你說話，說罷把手機遞給夜航，嘴上是一副似笑非笑、幸災樂禍的模樣。

　　夜航彆彆扭扭接過手機，豎在耳邊，一個中年女性剛毅的粗嗓子說，小夥子，多虧你照顧我家女兒，有需要用錢的地方就說，我們給她打錢，接著是嘩啦啦仿佛搓麻將的聲音。夜航一怔，想想又忍住了，說，阿姨不用，我們手上的錢還夠，我會好好照顧她的。

　　過了幾天，朱顏母親又打來電話說，各種渠道都無法寄藥到香港，最近查得格外嚴，朱顏草草地說了句我對象正幫我看病，她像怕母親操心，又像不願跟母親說太多話，仿佛心很累似的，沒說幾句就客套著掛斷了。

　　晚上夜航躺在朱顏身旁，試探性地問她，為什麼這時候才告訴她媽自己染病的事，朱顏說，我有話壓根不想跟父母說，夜航問為什麼，他摟著她的乳房，有一搭沒一搭地揉著，從側面望著她的眼睛，她的眼睛則望著房頂，目光像跳動的水波，她說，我從小沒和父母一起長大，是和外婆一起長大的，後來父母廠子的

規模越開越大，我回到郴州上中學了，但也經常住校，只是寒暑假和他們住在一起，外婆在我上大二時去世了。

朱顏的目光深陷在記憶裏，她想了一會兒，微微張嘴吐了口氣，說，不喜歡就是不喜歡，難以形容，反正就是不想跟他們說太多的話。

夜航見狀，感覺朱顏和父母似乎更多是維持著禮節的關係，而實際上有難以言及的隔膜，便也不再詢問。他想到了自己，父母離婚後，他多年沒見過父親了，如果突然見到了，恐怕也會沒什麼話可說的，就是與母親，又何嘗說過很多話？

朱顏又快斷藥了，夜航白天出門，一邊在網上查找哮喘吸入劑和新冠藥物，一邊到處跑著找藥，他預約了一些診所，然而到了之後，對方都要求患者親自前來，然而一聽說是新冠陽性，又都連連搖頭，說她這樣的情況沒法來診所醫治，需要去專門治療新冠的診所或醫院。他找到幾家被批准能售賣新冠藥的診所，醫生卻說早就預約滿了病號，沒有藥了，到各家醫院時，仍然全部沒有空床位，加之夜航不懂粵語，反復奔走卻毫無結果，後來，他終於在位於黃大仙的一個偏僻的藥房裏，買到了治哮喘的吸入藥物布地奈德、沙美特羅和口服藥氨茶鹼。

每天吃完晚飯，夜航都陪著朱顏下樓去遛彎兒透氣，一天晚上出門時夜航遺失了房卡，兩人被困在了街上，沒法回旅館。夜航給前臺的小妮發消息，小妮說，補辦房卡五百塊錢，開門費三百塊錢，你第一次丟，就免開門費了，下次按規定收費，夜航十分吃驚，說怎麼會這麼貴，前臺小妮發來與別的房客聊天的截圖說，自己看，光開門費都要三百塊錢，別說補卡了，現在是下班時間，要等明天上午 11 點上班時才能給你開門。夜航沒有帶

身份證，沒法去任何酒店辦入住，二人無處可去，疲憊地在街上溜達著。

限聚令之下，商場的廊柱前拉起一道道上鎖的鐵門，幾乎所有小店都早早關門了，街角緊閉的塗滿猙獰的塗鴉的卷簾門旁，花旗銀行的貸款宣傳窗裏黎明的頭像仍然在僵笑著，偶爾一輛車，搖晃著沒睡醒似的慘黃的車燈，駛過閃著魚鱗一般的反光的陰冷的街道。長長的彌敦道像做不完的噩夢，榕樹盤旋著密密麻麻、多如鬍鬚的側根，過早分岔的主幹伸出繁密的葉子，一層壓著一層將道路壓得黝黑無比。香港偌大的都市，他們卻像被困在狹小的一隅，再怎麼奔走，也既闖不進香港，又走不出香港。

走到快富街，街角的一家獨立書店仍然開著門，亮著幽暗的孤燈。朱顏走不動了，坐在門口的座椅上歇息，夜航忍不住進去兜了一圈。店裏書籍的種類，已經大量減縮，夜航買了一本《口罩下的香港人》和一本《無權勢者的力量》，出來攬著朱顏繼續沿街走著。

凌晨一點，他們回到了美麗都大廈附近，朱顏虛弱地問，我們什麼時候可以回家，我好渴，夜航為自己遺失了門卡而羞慚不已，忙說，我去 Seven-Eleven 給你買一瓶水，你等我一下，說著拐進了麼地道口的那家 Seven-Eleven 超市，他半年多以前住在美麗都大廈時，經常來這兒買便當吃。

進去之後，他一眼就認出了蹲在地上分揀貨品的紮著小辮兒穿著工作服的小夥子，他拿了兩瓶水和一盒巧克力到櫃檯結賬，小夥子也認出了他，用電子槍掃著標籤的動作就開始僵硬起來，斜著眼說，袋子五毛。夜航心想，去你媽的五毛。這傢伙總是上晚班，後來發現夜航常來買東西，給他結賬時表情上漸漸就總是

攢著憤怒，某天夜航再來時就說袋子五毛，之前袋子卻沒有收過費，夜航不差這五毛錢，但覺得奇怪與憋屈，不知道是否是他說普通話而不說粵語之故，夜航盡力摒棄內心敏銳的孤獨感的干擾，告訴自己可能是別的原因，但他想不出別的原因，夜航深感矛盾，他們不認識他，也不了解他，僅僅因為他是大陸人就歧視他，政客之間的矛盾，造成了不相干的民眾之間的隔膜，夜航雖然能看清楚，卻無法抵擋受到簡單粗暴的對待時所產生的痛苦。夜航沒有要袋子，也沒有多給五毛錢，抱著兩瓶水和巧克力，默默地出去了。

他和朱顏走到彌敦道與加士居道交叉口的休憩花園裏，夜晚街道上路人稀少，然而草坪裏卻有許多乞丐躺在高架橋水泥墩旁的土地上，盤曲的小徑中，短小的座椅上坐著合著眼似睡非睡的人，穿戴整齊，身旁放著背包，一副第二天醒來就要去上班的樣子，聽見夜航和朱顏走近了，警覺地睜開眼，發現沒有危險，又閉上了。

一個黑瘦的老頭兒艱難地蜷縮在單人椅上，彎曲的膝蓋擱在旁邊的另一個單人椅把手上，撐著身子一動不動地躺著，一柄蓋在他的頭和身子上撐開的黑傘突然被風刮掉了，露出皺紋橫生的額頭上禿頂的半圈灰暗的毛髮，夜航忙撿起傘，重新給他插在椅子的把手中，他像條狗一樣抬起渾濁的眼，看了夜航一下，又重新縮回去了。

夜航和朱顏坐在椅子上打盹，坐得很不舒服，無法睡著，他們起身又走回了尖沙咀海邊。海邊藝術館西側門洞旁的地上，躺著一排排枯瘦的老人，鋪在身下的床單上堆著髒兮兮的包裹，不遠處觀光長廊下的鐵椅子上，躺著的中年人們頭枕著椅子邊緣，

腳耷拉在椅子外，身前地上放著空啤酒瓶和紅酒瓶。二人往東，走到背靠花壇的木座椅上，夜航坐著，讓朱顏躺在木板上，枕著他的大腿，雙雙合上眼，暫且迷糊著。

過一會兒，有一撇沁涼的水滴打在了夜航臉上，接著又是一撇，夜航睜開眼，發現下雨了，他原本又閉上了眼，雨線卻越來越密集，他只好叫醒朱顏，二人重新站起，從雨沫橫飛的星光大道往梳士巴利道上走。

漆黑而看不到表情的雕塑金像女神向上撐著手臂，頂著令人眩暈的仿佛在無聲地咆哮著滾動著的濃雲，半島酒店龐大的身軀被參差相隔的牆燈照出許多暗金色的光圈，年老的乞丐任憑迷蒙的細雨打濕被子，仍然蒙著頭縮在地上睡著覺。

他們走回太空館，夜航找到了一個拱橋下的門洞，坐定後，朱顏歪著頭靠在夜航身上，過一會兒，朱顏似覺得姿勢不舒服，扭過頭去靠在了瓷磚牆上。夜航把自己的大衣脫下來，給朱顏披在身上，他只穿著毛衣，見朱顏已經睡穩了，他卻仍然睡不著，睜著酸腫的眼眶，坐直著身子，望著拱橋外被細雨打濕的路面，想起那些乞丐，他乾脆躺在了朱顏腳邊的地上。

夜空中晃動的雨絲迷亂著他的目光，眼皮酸酸的，撐不住閉上了，身體從後背往上越來越涼，仿佛變成了大地的一部分，直到最後，他從夢中一凜，逃命似的掙扎著仰起身，鼻樑酸痛著睜開眼，朱顏仍歪靠著牆，像一尊一動不動的石雕，他怕朱顏會死去似的，哆嗦著手指在朱顏的鼻子上探了探，呼氣正常，才放下了心，坐在朱顏身邊，靠著身後的鐵門。

他失去了對時間的知覺，天快亮時，他睜開過一次眼，覺察出了光線的區別。再次睜開眼是被喊醒的，確切說，是他的腳和

屁股被掃把尖頂住刺醒的，掃大街的老太太繃緊的臉上，尖小的眼睛刺出毒針一般鄙夷刻薄的目光。陽光已經跨過拱橋，完整地填進幽暗的門洞，他輕手輕腳地搖著朱顏，朱顏睜開惺忪的眼，吃驚地望著他，兩人夢遊一般互相攙扶著走出門洞。

天已大亮，他們像半夜起來上廁所，不敢徹底醒來，怕一醒來就睡不著了似的，搖搖晃晃，眯縫著眼走回海邊。雨停了，雪白的陽光刺穿雲層，無數縷霧濛濛的光斑蒸騰浮動在海面上，他們走回晚上坐過的椅子，椅子的木板上印著潮濕的斑痕，朱顏重新枕住夜航的腿，躺在他的身旁，夜航重新把自己的大衣裹在她身上，而後直挺著脖子，坐著閉起眼睛。身前的人聲像水流聲，灌進他耳朵，微微持久地震顫著他的頭蓋骨和身體，遙遠的車水馬龍像隔著許多世紀，似有若無的夢境漸漸混亂，被攪碎打散，卡在脊柱上收不回去也沒法繼續，變得越來越遲鈍，然後迅猛一搖，又將他驚醒了。時間才九點半，他定了十點四十分的鬧鐘，僵直著身子，繼續閉上了眼。

鬧鐘響時，朱顏的嘴唇已經凍成紫紅色，他說，走，咱回去。朱顏過一會兒才把頭抬起，明白了他的意思，虛弱地爬了起來。

二人走回美麗都大廈。他們在十二樓下了電梯，為不讓前臺小妮看到朱顏，他讓朱顏先坐在樓梯間等他。他爬上灰白的樓梯到十三樓，前臺小妮剛好正從天井邊的長廊走過來上班，他交了五百塊錢港幣，拿到了房卡，沖回樓梯間找到朱顏，朱顏已經又靠在掉渣的牆皮上睡著了，他心疼地喚醒她，帶著她終於回到了房間裏。

朱顏上床鑽進被窩，捂上被子，周身開始抖個不停，她脊柱戰慄，全身直至手腳蜷在一起抖成一團，夜航掖緊被子把她緊緊

地裏住，她抖了好一會兒才漸漸緩和下來，進入了長長的睡眠，
夜航小心地掀開被角，貼緊著朱顏的身體，也睡著了。

　　他們從中午一覺睡到了第二天早晨。睡醒後，朱顏咳嗽得更厲害了，而且開始發高燒。夜航四下奔走，在深水埗一家中藥店給她抓了柴胡、黃芩、連翹和板藍根，每種各五十克，搭配了熬著喝。她不分白天黑夜，在床上捂著被子出汗，半死不活地硬撐著。藥越來越少，又要吃完了，夜航說，我在我們讀研的班級群裏發發罷，問誰手頭還有藥。

　　朱顏一聽，趕緊說，千萬別在群裏說，夜航說，我雖然很少在群裏說話，但這有助於更大範圍地搜藥。朱顏執意不肯，夜航說，我又不說是你染病了，僅說是有朋友染病，朱顏卻急得咳嗽起來，夜航只好說，好了好了，我不說。然而他想來想去，覺得不妥，終於決定為了讓朱顏儘快好轉，這事不聽她的。

　　朱顏也在班級群裏，夜航在群裏問，誰有治奧密克戎的藥，我的朋友染病了。朱顏看到消息，攥著手機瞪著眼，生氣地說，你怎麼還是發了，你說了不發的！

　　夜航說，沒事，前些天同城寄藥來的那個朋友，其實也是我們同學中的，當時兵荒馬亂地剛搬到這裏，我沒有對你具體說，別擔心，他們不會知道是你的。

　　朱顏剛要聚集起來的激烈神情，此時又無力地鬆散了，她眼神中充滿絕望，她抱住夜航說，我好害怕，很多人說確診者就算康復了，回大陸也會找不到工作的，人家還會歧視你，有人在大

學群裏說過，上海人大常委會最近推出一個決定，規定得過新冠肺炎的人如果隱瞞得病歷史，會被列為失信人員，失信信息將匯總在上海公共信息平臺上，並追究法律責任，也就是說得過新冠到哪都會被人知道，雖然這個政策似乎沒怎麼執行就廢止了，但怎麼會不被人歧視，雖然我會努力留在香港，但一想到此，仍然害怕。

朱顏邊氣喘邊說著，夜航怕她情緒波動過甚，竭力用柔和的聲調說，他們不會知道的，況且那都是謠傳，別相信，雖然歧視和偏見到處都有，但我們若不認可它，它對我們來說就如同不存在，別受它的侵襲和影響，見招拆招就好，有我照顧你，別怕。

過了一會兒，朱顏又看手機時，卻發現沒人在群裏回應夜航的信息，僅有人發了個恐懼的神色，接著課程主任發佈了下一屆某個學員獲得文學獎的信息，有幾個人點贊，很快就把話題岔開了。

朱顏頓時像受到了極大刺激，握著手機的手抖擻著，她瘋狂地仰起臉，滿眼渴望地說，我們回家罷，你打電話問問，看我們怎麼回家，我們回去罷，我不想再在香港了！

夜航慌張，不知道該怎麼辦，朱顏爬過來搖著他的手臂，她說我是得了奧密克戎，但你一直跟我在一起的，接觸我這麼久了你都沒事，你在電話裏對他們說清楚這事，叫他們別怕，叫他們讓我們回去罷！

我打給誰？夜航哆哆嗦嗦地問。

朱顏瞪著眼想了想，說，打給大陸的防疫中心，對，打給郴州的，我告訴你他們的號碼。

朱顏真地翻查出來，讓夜航打電話，夜航疑懼地望著朱顏，

朱顏叫嚷著說，根本不可怕，你說是不是？為什麼他們會怕成這樣？我是有哮喘才比較嚴重的，你全都對他們說清楚，叫他們放我們回去，或者，我們闖關罷，直接去深圳灣，行不行？

夜航說，我們一到關口就會被扣住的，你沒看新聞報導有人闖關，回去直接就被判刑了，別說闖關了，你若是在大陸染上新冠，還要把所有行蹤都向他們交代清楚，還要把你的行程軌跡發佈到網上，叫所有人看到，一個人都染上新冠了，還不能好好休息，還要面臨傳訊，甚至可能的牢獄之災。

朱顏這時卻像更恐懼了，含著哭腔，激動地打斷夜航說，我們回去罷，回去罷！夜航不知道朱顏是開玩笑還是認真的，支支吾吾地說，好，我打郴州防控中心的電話。他撥了好幾次，一直沒人接，最後終於接通了，夜航說，我們現在在香港，我女朋友是郴州人，她染上奧密克戎了，想要回家，對方愣了一下，像在思忖該如何回答，夜航問，我們該怎麼回去？

對方說，陽性是吧？陽性要就地醫治，沒辦法回來，夜航說我們問遍了香港的醫院，根本沒有床位，對方不溫不火地說，陽性回不了大陸，朱顏猛然起身，一把搶過手機，眼裏閃著渴望與瘋狂的光，讓我回去罷，求你們了，我要回家！對方又愣一下，仍然像機器一般說，我們沒辦法，請問您是郴州哪個區哪個社區的？朱顏目光深陷在痛苦中，她說我，我是——

夜航一驚，急速抓過手機，掛斷電話，千萬別說，說了他們該聯繫你家人了！朱顏卻滿眼淚水地哽咽著，漲紅著臉，邊氣喘邊哭著說，我想回家，什麼時候才能結束，我想回家！

夜航說，我知道，我知道，他伸開雙臂想抱朱顏，她卻用胳膊擋住他，哽咽著說你不知道，你不知道，我家雖然在郴州市，

但我媽媽老家在宜章縣的農村，我小學五年一直在老家，後來上初中，外婆還在世時，也一放假就回老家，那裏的丘陵地，你想像不到有多好看，外婆家的房子是獨立地蓋在地頭上的兩層小樓，院裏種著油菜，旁邊有個養魚的池塘，我小時候不敢往池塘邊上站，生怕掉進去，晚上也不敢出門，一出門就站在了漆黑的曠野中，陰冷的地氣滲到人的骨髓裏，連上個廁所都怕，小樓的磚牆上連水泥也沒糊，屋裏上下樓的樓梯沒有欄杆，下樓上廁所要貼著樓梯的磚牆走，生怕會摔下去，表哥他們卻不怕，晚上坐在樓頂的平臺上對著星空喝酒，大聲地說笑，我在寂靜異常的二樓臥室的被窩裏，連他們在頭頂上把花生塞進嘴裏嚼著的聲音都聽得一清二楚，花生是用湖南紅椒炒的，我們那兒的辣椒你不知道有多好吃，每次炒菜都放許多，肉墩墩咬開是又香又辣厚實濃郁的汁水，炒鮮肉也行，臘肉也行，什麼都行，臘肉冬天一吊吊掛在一樓的房梁上，吃的時候取下來切成薄片，米飯像乾柴一樣吃不飽，但正因此顯得菜特別香，夾幾片紅油炒臘肉放到米上，濃香的辣油就滲進了米裏，我們離長沙不遠，當時總能順便去長沙玩，不像現在哪都去不了，長沙的河西河東我都逛遍了，初中之後回郴州跟父母住，但爸媽經常在外面忙，回不來，我自己在家就去樓下的瀏陽蒸菜館吃飯，我最喜歡吃那家的檳榔芋臘腸，對，還有豆豉燒魚腩，虎豹紋路一般的魚皮遮不住那滑溜溜肥滾滾的魚肉，香料與肉香燜在肉裏都蒸出油了，一放暑假就又回到老家，直到前幾年外婆去世前，我一打電話說要回去，她仍然高興得不行，我坐大巴車到縣裏，下車後再在集市坐上鎮子裏的小車，汽車繞著丘陵上坡下坡地盤旋起伏，到一個小路邊停下了，我一下車就看見外婆小得站不穩的小腳早已立在房子邊上，手扶

著墻眺望著小路了，見我從車上下來，她忙挪著小腳顫巍巍地移動著，嘴裏喊著我的名字——

朱顏在急速的喘息中，一口氣接不上來，幾乎噎住了，夜航拍著她說，你別說了，她驟然吐出一口氣，嘔吐一般地抽搐著咳嗽著，夜航不斷地揉著她的肩胛與肋椎，她的眼淚掉在了夜航的手上，夜航也回想起洪水後的殷京，想起樓下那斷壁殘垣般的小路，想起孔河夏天瘋長冬天又全都枯萎了的稗草，還有被社區強行拉走的正在旅館隔離的母親，禁不住也潸然淚落了。

然而到了晚上，朱顏卻又平復下來，又開始查單詞學英語，她一邊咳，一邊擰著眉頭，小聲嘟囔著背誦著單詞。

夜航心疼地說，你累了就歇會兒罷。朱顏抱怨說，我是個很高傲的人，因為哮喘病，天天要受如此的罪，活得真是難受，辣的不能吃，酒不能喝，什麼事也沒法做，不如死了的好。

然而她雖這樣說，卻一絲不苟地默寫著單詞。夜航說，那就休息會兒，好了再學，朱顏說，我今晚必須把這幾個詞記住再睡覺，夜航說，幹嘛那麼認真？趕緊養好病才是要緊事，朱顏說，認真是因為不想回去。

夜航想到剛才朱顏如此思念家鄉，又有些吃驚，他問，你不想回去？

朱顏說，是呀，不然幹嘛來香港讀研，上完找不到工作又要讀博，就是為了不想在大陸待下去，難道你想回去嗎？

是啊，我想回去嗎？這倒問住了夜航。

朱顏說，我一定要把英語學好，香港很多地方找工作要用到英語，粵語接下來也要學。

夜航驚歎於朱顏的勁頭，他雖然也在香港，卻仿佛從未真正

切實地考慮過自己的處境。他來香港報讀創意寫作碩士，努力尋找的是精神出路，以改變當時在股京的狀況，拿完學位後因為可以留在香港找工作，於是也決定先不回大陸。他聽了朱顏的話，有些茫然，同時，朱顏的話也像給疲憊和淒慘的他增添了一些力氣。

朱顏說完，繼續對著詞典讀單詞，過一會兒她又問，對了，你最近怎麼不寫詩了，你不是一直寫詩的嗎？

這句話像戳進了夜航竭力想要遺忘，但一直存在的傷口裏。夜航在屋裏來回走了幾步，停下來又走回朱顏的身邊，朱顏不解地望著他，他難以啟齒似的，邊思索邊說，我不認同這個時代的許多寫詩的人，但這令我迷茫和痛苦，我對自己的追求也曾一度懷疑過。

他認真而羞愧地看著朱顏。朱顏似乎理解他的意思，又似乎只是想要聽下去，她說，你說說看。

夜航說，比如罷，我在股京認識不少寫詩的人，但卻既不認可他們，也無法靠近他們。

朱顏問，為什麼，他們怎麼了？

夜航絞著雙手，說，舉個簡單的例子，他們能坐在某個官職上，一邊幹著鉗制思想的事情，轉身卻又大義凜然地拿魯迅這樣的文人來標榜，說中國現在的文人都墮落了，沒有良知了，他們自己就在幹著荼毒良知的事。又比如，他們翻譯、介紹外國有價值的作品，但對本國人卻採取截然不同的審核與評價標準，在長年累月的彼此規訓中，不斷傳遞著矮化、歪曲藝術本質的話術，這正是目前許多作家的名氣與作品品質不一致的原因，類似的例子還有很多，他們根本不在乎純粹的精神生活，我一張口說話，

就顯示出與這些人根本不是一路的，沒法靠近他們，而不暴露自己。

朱顏說，那你就不要與他們來往唄。

夜航點頭稱是，說，我已經與他們很多人不再來往了，而那些詩寫得即便不錯的人，很多也有著根本性的問題，我們在讀研時，在詩歌課上所選的詩，所提出的一些論調，也正體現著這樣的問題，這似乎是整個時代的墮落，他們在詩歌理論中推進、造勢，說著邏輯上看似對的話，其實是在為當前文人的討巧與逃避心靈撐腰。他們在理論的外衣下，拼命製作虛偽的錦袍，織了一件又一件，卻忽略錦袍是要穿在身上的，任何語言藝術都是要服務於靈魂的，而那些以撒謊為能事的人，早已喪失靈魂的模樣，我相信，任何具有敏銳的洞察與幻想力的人都能看得出來，這不是一兩個人的毛病，而是整個時代的毛病，他們的許多詩看似說了些什麼，其實什麼都沒說，句子看似含義模糊、藏有玄機，仔細看卻根本沒有什麼玄機，只是纏繞不休、堆砌密集、錯亂得有招有式，是有意為之的語言，而沒有隱藏任何深入的思想、情感和追求，我不知道你是否理解我的意思。

朱顏說，我明白你的意思，說簡單些，就是文勝於質，古代也有文勝於質和質勝於文的分別，不是嗎？

夜航點點頭，說，是的。

朱顏問，那你如何判斷是否是表面的編造，你不是也說過，現代詩不再是直白言說，而是講究形式與修辭的複雜嗎，我記得我們讀研時，你在大學的演講中曾提起過，但如何區別哪些是表面的、虛假的複雜，哪些是有精神內核的、有價值的複雜？

夜航說，你問得好，區別就在於我剛才說的，虛假、空洞的

詩，是能看出來寫作者沒有精神的震盪，沒有靈魂的衝撞、衝突和糾葛的，是能看出來他在尚且沒有精神衝動時，就已僅僅在語言層面入手開始尋找感覺了的，那樣的詩僅在用語感推動語言朝前走，整篇是癱軟的、空蕩蕩的，沒有濃郁的激情與真實有力的幻想，而是揣摩著應該那麼去寫，應該那麼去遣詞造句，就那麼地做了，是精緻的作偽，你在閱讀時也難以觸動你，難以引起你的思考與遐想，因為是假的，這騙不了人。因為，如果語言僅僅看起來像有恰如其分的精緻，卻並不真正地鮮活有力，是堆砌、尋找與強扭而成的，這一讀就能讀得出來，再次審視時，也能從細部看出來。現代性詩歌複雜而講求修辭，不錯，但那些濃密得無法遏制的幻想，正是作者精神世界與感官本身的投射，他的靈魂有多糾葛，感受有多密集、多強烈，詩歌就有多複雜，那些荒誕錯亂、絢爛噴發的言語，正是作者精神狀態本身的樣子，修辭絕對不是目的，而是人在摸索心靈時，用以達到它更深入、更恰如其分的藝術形式的利器，甚至可以說是為數不多的利器，然而那幫人卻不是，他們傍著現代性風潮的大旗，卻忽略了現代性的真正涵義，真正的現代性文學應該是人對於更內在、更真實的精神生活的渴求與幻想，因此產生寫法的開拓與變化，它是以現代人的生存本質為根基的，當虛假的或來世的許諾被層層戳破與摧毀，人的精神意義需要重新建立，同時又不斷面臨更深一步的荒誕的阻撓時，難以言說的現代體驗無法再受到以往書寫的束縛，這才有了許多新的寫法，絕非單純為了製造不一樣的形式。那幫人對現代人重大的精神變故不去睜開眼看，以為單純的形式新穎就叫現代主義了，你說到文勝於質，不錯，他們仍在幹著堆積綺靡之辭的事，只是比有些古人做得高級一些，本質卻是一樣的。

朱顏問，非要有強烈的精神本質體現在詩裏嗎？就不能有另外一些做法嗎？比如說，單純為了寫一些幻想的圖景，比如，一片樹葉的細微結構與紋理，不行嗎？難道一定要赤裸裸地直面精神嗎？

　　夜航說，當然可以寫——比如一片樹葉的紋理，但人的精神在沖向詩歌的自由時，不會無緣無故地撫摸某一片樹葉的紋理，一定有那麼一刻，或那樣一種原因，以及它背後的暗示與企圖，也就是說在這首詩中，這片樹葉是不一樣的，它就是我，或深深地融入了我。這就像是一種約定，或精神暗道中的某一種秩序，而絕非為了單純的悅耳或好看，或抒發一時的情緒，精神的、思想的力量，抑或說痛苦的力量，即便隱晦，也是應該在看不見的底部堅實支撐、維護著詩的推動力的。弗裏德裏希在《現代詩歌的結構》中談到波德萊爾時說得很好，夜航邊說邊拿起手機，對著電子書的截圖尋找著，找到後說，波德萊爾當然有「深思熟慮的佈局」和「嚴格的建築構造」，但在波德萊爾那裏，「形式的力量的意義遠遠超過修辭，而是拯救的手段」，「格律的規則不是隨意發明出的」，而「是精神有機體本身所要求的規則」，是「通過詩歌的藝術手法」「轉化為高度形式化的語言」，「從而使痛苦獲得淨化」，是即便在「靈魂深處對自己的信賴也遭喪失時」，仍能通過「靈魂的堅挺與獨立」，通過「艱苦的體驗」「把握暗夜之物與反常之物」，來「逃脫進步之平庸」，「反抗平庸之惡」。波德萊爾的《惡之花》，我前一陣才看完的，非常喜歡，弗裏德裏希在這裏說得很準確，正是如此，現代主義的詩歌，雖說不再是洞察力的直接產物，這不錯，然而這絕不代表現代主義的詩歌書寫就不要求詩人具有全面深入的洞察力了，恰恰相反，真正的現代主義

詩歌，是站在現代人對生活本質的透徹認識之上的，基於譬如弗裏德裏希所說的「不妥協」與「改造的雄心」，「運用詞語，掀動不為日常言談所知曉的力量」而另立的一番精神的門戶，這對人的洞察力、意志和心靈追求的要求，是更高而絕非更低的。

朱顏聽罷，仿佛受到了震動，她長久地直著眼，發著呆，像在回味，過一會兒，她說，你既然說得這麼明白，還糾結什麼？你不喜歡和不認同的人，不與他們交往就好了，再說了，就沒有寫得好的人嗎？

夜航說，當然有寫得好的，我說的是那幫子寫得糟糕而又招搖撞騙的人，尤其那些呼風喚雨的官僚文人，當然了，他們其實並不值得一提，但殷京充斥著這樣的人，我所欣賞的為數不多的詩人，大都在遙遠的一些地方，很難見面或交流，也有相隔不遠的，但隨著封控越發頻繁，出門也越來越不方便，因此也難以見到，況且我與他們沒有生活的交集，見面了也常常會無話可說。

朱顏說，我理解，其實哪個時代都有那些你所說的呼風喚雨的糟糕文人，但也有不那樣的，雖然可能是少數人，你既然不認同一些人，就不用再搭理他們，寫你認為該寫的東西不就行了，是不是？朱顏用安靜和關切的神情望著夜航。

夜航有些窘迫，他說，是，當然，就是這麼回事，其實也沒什麼好說的。

他仍有些扭捏，但很快他發現，自己的心裏早已敞亮和寧靜了許多。他以往認識的人，對待他要麼是嘲諷，要麼是冷漠，要麼是勸阻，要麼是崇拜，他從未對人說起過這些縈繞在他精神深處的糾葛。與朱顏的對話像打通了他某個痛苦的癥結，讓他既振奮，又備感寬慰。

朱顏又說，我雖然也報讀了創意寫作碩士，但其實沒寫過什麼，我感覺，寫你說的這樣的東西肯定很耗心血，你把身心的全部感受都凝聚到了所寫的東西裏，這樣的做法，就像在犧牲著自己，做著某種充滿精神危險的嘗試，你長期如此，一定要學會保護自己，別超出精神的痛苦所能承受的界限。

夜航說，嗯，我知道。他已經沒法再說什麼，任何話仿佛都會打破此刻美好的氛圍，激動與感激交織著，湧動在他心口。

朱顏自測抗原，發現終於轉成陰性了，她非常高興，雖然每天咳嗽得依然厲害，渾身無力。夜裏，夜航捧著朱顏，長時間地吻她的身體，她的胸口像兩大顆滾熱光滑的淚痕，他既熱烈又小心，像是生怕弄傷她，也生怕錯過每一絲細微的重要感受，在他們美好的欲望裏，欲望也變成了真情流露，她的身體像靜謐的夜色，在他眼前展開，他們在如密林般細微的探索中，極力感覺著彼此的存在，這些天來，反復的交歡成了他們掃除心靈污垢的最好方式，成了讓他們得以排遣痛苦的為數不多的歡樂源泉。

他們的欲望並不頻繁，或含有貪歡的因素，一切都自然地發生著。

然而，他在長久的前進中爬上頂峰，又在凝固而至深的幸福感中緩緩跌落了，時間雖然緩慢，卻不停地向前流淌著，幸福感強烈、真實，然而卻一次次化為了烏有，無法堅實地緊握，並凝結成永恆。

夜航也開始咳嗽起來，他發現自己兩肺上部的鎖骨處格外悶脹，他強睜著酸軟倦怠得幾乎閉上的眼皮，出去買菜時，嗓子癢得使呼吸十分艱難。

他肯定也得奧密克戎了。朱顏也發現了，站在他身前，臉上

表情激烈得像要哭出來之前一般，朱顏給他抗原試劑讓他自測，他卻不願意測，而是一大早又穿好鞋出了門。

在到處是光的沒有影子的世界裏，他天旋地轉地走著，刺癢的喉嚨把他暈乎乎掀起來，又拋下去，他無法顧及身邊的事物，強撐著逛了一天，買到了口服哮喘藥普米克與沙丁胺醇。

一回旅館，朱顏就沖過來勾住他的後肩，關切地望著他，他面容慘澹地笑了笑，去洗漱間又要做飯，朱顏把他推到床上，叫他躺著，他撐不住了，躺下來頭頂和眼皮仍在旋轉著。朱顏去了洗漱間，卻沒有電磁爐的聲音響起。

他昏昏沉沉不知睡了多久，睡醒之後，桌上已經緋紅翠綠，如有一片細小繁密的森林，夜航仔細看，桌上擺上了檸檬汁拌苦瓜，涼拌豆腐絲，木耳拌黃瓜和山楂藕片，簡單平易的涼菜，卻被朱顏做得非常精緻，清淡然而十分可口，朱顏還給他倆每人都盛了一碗剛熬好的竹筍綠豆粥。

他接連躺了三四天，朱顏每天買菜、做飯，朱顏雖仍沒日沒夜地咳嗽，在他面前卻竭力忍著，晚上為了不吵到他，她把尤克里里放到小床邊的地上，書擺到床頭的櫃鬥裏，悄無聲息地睡在小床上，等他喊她時，又過去靜靜地抱住他，把他的腦袋貼在自己熱烘烘的胸口，摟著他入睡。

昏昏沉沉過了十天左右，他嗓子酸癢渾身無力的感覺漸漸褪去了，應該是好了。

他大夢初醒一般地看著朱顏，他雖然好了，經此一番折騰，精神緊張、不動聲色的朱顏卻如爆發了一般，病得更嚴重了，她一自測，發現又轉回了陽性，一連幾天，她高燒不退，夜裏經常正睡著就咳嗽起來，紅彤彤的鵝蛋臉燒得滾燙，有時咳很久才咳

出一些痰來。

夜航每天晚上一兩點鐘才睡，早晨第一抹陽光剛穿過藍色的天空，照在對面樓的窗戶上時，他就強睜著雙眼出了門。

病毒在世界上流竄，人們為迎接它做出了各種調整與轉變，這些看似是暫時的現象，卻又是目前核心的、無法替代的處境。夜航穿梭在九龍的各個區域，終於在西貢一條陋巷裏的一家小藥鋪買到了一些喘可速。

樓的陰影與無法溫暖他而只是刺痛他的陽光交錯著，降落在他的身上，他不願意去想目前的處境，甚至覺得索然寡味，他把升騰起來的萬千情緒努力壓滅，然而他卻無法不感到不知從哪冒出來的，仿佛是從四面八方而來的擊打。無聲無響、抓不住看不見的但卻致命的敲擊，在把他和朱顏往一個暗洞裏推，他們被窒息地堵在時代潮流一般的漩渦中央，出不來，也進不去。

然而，他仍忍不住地想，如果沒有藥物的壟斷，朱顏的病得到治療根本不是問題，即便醫院資源不足，只要能買到藥，加上他的照顧，朱顏在家也能漸漸好轉，不至於像現在這樣，時時掙扎在生死線上。當政府體制不斷完善時，它的權力觸角就會有延伸到民眾的更多生活角落裏的趨勢，中國大陸也有這個趨勢，但中國大陸有另外的問題。夜航雖然認同民選政治，但目前許多民選政治體對藥品的壟斷式管控是他所不認同的，藥品管控雖有其必要的理由，但從目前的管控中受惠的，卻並非普通民眾階層。應該在管控之外留一些灰色地帶的豁口，作為必要的民間自救管道而默許之，在目前這樣的危難時期，更應該有意引導，將這樣的豁口開大一些，使那些排不上隊住不進醫院的人，和那些看不起醫生的貧困者也都能得以存活。每想到此，惱恨就沖上心頭，

夜航緊張而痛苦地攥著拳頭，卻像個困獸一般，無法解決問題，
無力改變處境。

第四章

1

　　情急之中，夜航想起一個叫李珍的女人。李珍是嫁到香港多年的大陸人，一年半以前，他剛來香港時，在社交軟件上認識的她，試探性地相互介紹和交流後，李珍就把電話和微信號直接給了他，他問李珍能否見面一起吃或喝點什麼，李珍立刻同意了。

　　當時他剛住進美麗都大廈，李珍到樓下來找他，他一下樓見到的，是一個穿著寬闊的棕色窄腳褲的女人，長著一張扁平的略微狹長的棗紅色臉。李珍也一眼就認出了他，沖他招著手，他剛來香港，沒有朋友說話，能這麼快認識香港的人，覺得很欣慰。他和李珍沿彌敦道走向尖沙咀，他們談話之間並不覺得拘泥，而是像認識了一段時間的朋友，走到星光大道東側的海旁吧，兩人坐下，各點了一杯北歐咖啡，他還沒來得及買單，李珍就付了二人的賬。

　　李珍用手機的相機當鏡子，瘮著嘴眨著眼擺著頭，從各個角度看自己，似乎很在意自己的形象，她高高的額頭上方，頭髮雖不稠密，薄薄的一層卻盤成精緻的形狀，右手的食指和中指都戴著戒指，她說自己開化妝品店的，同時開著兩家貿易公司，還做有保險業務，但言談之間，她很快卻又開始露出悲哀之色，燒紅的晚霞在海水上鋪上了一層層通紅幽暗的光帶，把她的臉塗得更加暗而棗紅，她給夜航講起了香港的疫情紓困政策，她因為有個在上小學的兒子而可以去政府領錢，又因為開著公司也能領錢，

香港政府怕企業主裁員而給創業者有依據公司規模而發放的救助金，但這些政策雖好，卻擋不住她臉上安安靜靜的，沒有幸福的表情，而是時時流露出孤獨與哀愁。

李珍說起與老公感情並不好，嫁到香港十多年了，二人很少有時間在一起，更別提同房了，他們目前相處寡淡，老公早出晚歸，對她的冷淡已不加遮掩，兩人幾乎已經到了離婚邊緣。李珍說她抓住過他出軌的證據，因此一定要把婚離掉，小孩也絕不給他帶，她說這話時完全沒有扭捏，而是十分自然，毫無顧慮不加猶豫直接就向夜航傾吐了這些，對此夜航既吃驚，又難以回應。也許因為他對李珍沒什麼興趣，他只是彬彬有禮地好言勸慰她多多保重，但正因此，他的得體卻博得了李珍的好感，李珍說，一看他就是有品位的人，男人對於她來說，有沒有錢或有多少錢無所謂，她不缺錢，但人一定要有品位，接著，李珍說她很想回老家貴州，不知道什麼時候才能通關，將來老了，一定去貴州包個農場養獼猴桃，養土豬。夜航感到李珍既幹練老道，精神深處卻又憂愁空虛，她雖然移居香港多年，商業上也有所成就，但內心深處卻彷彿壓根沒有身在香港的歸屬感，而仍充滿著想回大陸去的渴望，他不知道這是否與香港人節奏快、壓力大有關。

除了李珍之外，夜航還通過社交媒體見過其他身在香港多年的大陸人，他發現他們說話都與李珍相類似，似乎快節奏的都市生活，已經使他們變得更加淳樸、高效和直接了當，而遠不再像身在大陸的大陸人那樣，普遍地相互忌憚、提防。

他半開玩笑半認真地對李珍說了這個現象，他說，在大陸很少有人直接會把電話號碼發給陌生人，仿佛你知道他的電話號，就會騙走他什麼似的，李珍說，切，一個電話號碼能騙走什麼，

見就見，不見就不見，有什麼騙不騙的，在香港人們不那樣囉嗦，也沒有時間那樣囉嗦。

　　李珍在香港漂泊無根的孤獨感與對回鄉的渴望，和她已經深深融入了香港的生活方式而不再像大陸人，這兩種特徵看似矛盾，卻並存在她身上，給夜航留下了很深的印象。回去之後，李珍又在網上繼續和夜航聊天，聽他說在讀創意寫作碩士，立刻給他發了一堆餘秀華的詩，說很佩服很喜歡餘秀華，餘秀華很有勇氣追求愛情，喜歡誰就直接說想去睡他，夜航便想說，同樣的內容，換到一個男人講出來，你還會不會這樣說，但又覺得無聊，不想和李珍說太多話，李珍又說，你在香港不容易，可以搬到我這裏來住，夜航覺得很唐突，婉言謝絕了。

　　認識朱顏並深深地暗戀上她之後，夜航更沒有再與李珍交流過，也沒有再見過社交軟件上認識的其他人。他和李珍已經很久沒有聯繫了，他想，不如問問李珍，以她的生意和多年在香港的生活，說不定她能弄到治療奧密克戎的藥。但一想起李珍，他卻很不舒服，他不願意聯繫她，但看著朱顏每況愈下的身體，他分外憂心，雖然心裏不安，仍趁朱顏不注意，悄悄給李珍發去了一條問候消息。

　　李珍立刻回復了，問他你已經回香港了嗎？他說是的，李珍回說，回來也不說一聲，現在在哪住？他說還在美麗都大廈的九龍賓館，說完又很忐忑，仿佛不該告訴她。他說，你的公司還在經營嗎，香港疫情嚴重，我有朋友染上奧密克戎了，弄不到藥，想問問你有沒有藥。

　　李珍說，我的保險公司還在做，其他的業務已經暫停了，我這邊有進口新冠藥帕克斯洛維德，你過來吧。

夜航心裏毛毛聳聳的，他說，好的珍姐，你在哪兒？李珍說，我現在在荃灣的辦公室，我辦公室裏就有藥，有時候客戶簽保單我會贈送他兩板，你現在過來就行。

夜航立刻像看見了曙光，他說，好的，我現在就去。他看看時間，是下午四點，朱顏正在看書。他煩悶而不知所措，像在遮掩什麼似的，他猶豫了一會兒，對朱顏說，我去一個叫李珍的大姐那兒給你拿藥，她應該有藥。

朱顏抬起頭問，李珍是誰？

夜航說，是一個香港的老闆，她曾說過要我去她那兒工作，後來我沒去，是一個四十多歲的大姐，我剛才問她了，她說她有藥，叫我去她的公司拿，在荃灣，我去罷。

朱顏問，你說藥是給我的了嗎？

夜航稍微愣了一下，沒有，我說有朋友染上病了，但沒有詳細說。

朱顏眉根蒙上了一抹淡而明顯的陰影，她依依不捨似的說，要不你別去了，會不會有什麼不好的事？

夜航一臉狐疑地說，什麼好與不好的，她就是個朋友，一個好心的願意幫忙的人。

朱顏問，怎麼沒聽你提起過她？

夜航說，因為很久沒聯繫了，總之——朱顏又打斷他問，很久沒聯繫了，為什麼還會給你藥？夜航煩悶地說，我哪會知道，可能就是想幫個忙罷，你別想那麼多了，我跟她就是普通朋友，別的什麼也沒有。

朱顏似乎有些生氣，搶白說，還什麼也沒有呢，難道還能有什麼嗎？夜航說，給你治病才最重要，你放心，我會保護好自己

的，說完想笑，趁勢低頭真地笑了一下，又說，說的我跟個女的似的。夜航還想說他對李珍沒有好感，卻又覺得多餘，他說，我等一會兒就回來了，說著穿好外套要走，朱顏卻起身將他送到了胡同一般繞來繞去的走廊外的電梯口。

夜航說，你是怎麼回事，跟要分別似的，別這樣，想我了就給我打電話，朱顏卻突然煩躁地說，行了，你走罷，說罷趿拉著拖鞋回去了。

夜航甩了甩頭，沒甩出什麼明確的想法。他坐地鐵到荃灣下了車，沿著車站外長長的空中浮橋走向李珍的寫字樓，浮橋外的晚霞，將放縱的豔紅色塗抹在漸漸升起的黑雲的邊框上，他在盡頭拐彎處走進商場，穿過另一個天橋下到街上，踩著恍恍惚惚碎落在柏油路上的傍晚的路燈光，按李珍所說，拐進了一個院子，面前是一座廠房一樣巨大而陰沉的樓，他走在泛著水泥色亮光的厚漆鋪成的走廊地板上，進入貨梯來到十樓，找到了門牌號，門是小巧地嵌在牆裏的玻璃門，他敲了一下門，門裏的說話聲驟然停住了，他聽到一聲進來，就推門進了屋。

屋子被玻璃牆所隔開，外間有兩個人，一個黑長臉的青年男子正在和一個滿頭白髮戴著厚而模糊的眼鏡的老頭兒一起低著頭，翻看茶几上厚厚的一本介紹保險的冊子。李珍坐在玻璃牆後的一張長桌前的椅子上，身上披著一件亮棕色的夾克，一見到夜航，忙放下翹著一只高跟鞋的穿著黑色線褲的腿，張開厚嘴唇，小眼睛紅鼻子上擠出仿佛憨厚的笑態，說，你來啦，來，先坐，說著站起身迎上前。

夜航局促地忙走上前去，尷尬地笑著，正手足無措，李珍站在他面前問他近況如何，他還沒想清楚該怎麼回答，李珍旋即走

到了前廳，坐在了長臉青年的身旁，嘩啦嘩啦翻起文件夾，用粵語對老頭兒說著話，夜航半懂不懂地聽出來，她在跟老頭介紹這樣的保單有何優勢，夜航於是走到李珍剛才坐的桌邊，桌邊擠著四把椅子，他拉出一把坐下了。

桌子的一端立著岫玉龍頭龜擺件，桌上擁擠著燒鵝雙拼、露筍蝦球、蠔油唐生菜和一瓶打開的梅洛紅酒。夜航無聊地望著一桌子菜肴，終於，李珍三人起身，應該是已經談妥了，李珍把老人送出了門，回來走到夜航身邊，黑臉男子把李珍後背披著的夾克取下，掛在牆壁上的衣架上，李珍拉出一把椅子，坐在了夜航對面，黑臉男子坐在李珍旁邊，啟開了桌上的紅酒。

李珍一改先前在海邊見到夜航那次的神態，眉飛色舞地笑著說，又談成一單，錢真是賺不完的。她望著桌上的菜說，小黑，去把電飯鍋裏的米燜上，今天有貴客來，還不知道點的菜夠不夠吃，本來想簽完單，就叫那老頭兒也在這兒把飯吃了再走的，他卻走了，這樣也好，小黑，剛才忘了拿給他兩板帕克斯洛維德了吧？

小黑在有微波爐的小隔間裏說，我拿給他了，他剛進來時，就讓他裝到包裹了，李珍卻沉下臉說，下回客人還沒有簽單時不要給他，現在藥這麼緊缺，可以對他說簽完單才有這個藥贈送。小黑忙畢恭畢敬地說，好，我明白，對不起珍姐，我忘了。

夜航一聽到治療奧密克戎的帕克斯洛維德，眼神立刻亮了一下，李珍發現後說，你不是說有個朋友染上奧密克戎了，需要藥嗎？夜航連忙點頭說是，李珍說，那你要注意安全，別跟他直接接觸，雖說這東西也算不上什麼大事，我有個朋友，他的兒子也染上奧密克戎了，後來又好了，但能注意還是一定要注意。夜航

忙說，我知道，我給他寄藥過去。

李珍說，香港醫管局剛從美國引進了一些帕克斯洛維德，量很少，我們在公立醫院有關係，這才搞出來了一些，這些藥對外我們都不賣的，一賣很快就會被瘋搶完，等會兒你走的時候，讓你拿一板。

夜航感激不盡地點頭說，好，謝謝珍姐，好。他像怕李珍又要變卦，竭力控制著心裏的緊張。李珍似乎看得一清二楚，她給夜航倒了一杯梅洛紅酒，黑臉男子見狀，也忙給夜航端來盛好的米飯。李珍開始用粵語和黑臉男子說話，她咧著抹著暗紅色濃重口紅的嘴，不時地大笑著，見黑臉男子低頭對著手機發消息，她伸著臉好奇地問，小黑，你搞咩呀？

小黑說，我在和還沒見過面的女朋友發信息，李珍問，哪個還沒見過面的女朋友？小黑說，就是大陸的那個，李珍調戲似的問，大陸不止一個吧？我好像聽你講過。

小黑在椅子上扭著結實的身板不好意思似的說，總共五個，全都還沒見過面，希望趕快通關，過去見她們，李珍說，沒見過面，怎麼算女朋友？小黑說，在網上聊得已經很深入啦，李珍說，你這麼厲害，小黑說，我跟著珍姐鍛煉語言能力嘛，賣保險很鍛煉人的，他說完盯住夜航，仿佛想讓他也加入他們的保險陣營，李珍哈哈大笑，眼神裏冒著結實得近乎兇狠的目光，夜航瞬間又想起那次坐在尖沙咀海邊時，她空蕩蕩哀傷得無處躲避的眼神。

小黑像個馬仔，一口一聲珍姐地誇讚著她，俯身給她夾菜，李珍精瘦的臉上擦著厚厚的粉，塗抹成又暗又烏的顏色，用凌厲的目光審視著夜航。

吃完飯，李珍凝視著夜航，卻別過臉對小黑說，你先回去，

記得把幾個還沒簽單的客戶的情況盤點清楚，這兩天再約他們。小黑似有些不捨，仿佛此刻走了，情況就會對他不利了似的，他舔著略微發福的肚子，站在玻璃隔斷旁，目不斜視、含情脈脈似的又看了李珍兩眼，這才轉身走了。

李珍聽小黑腳步走遠了，起身把門的插銷插上，坐在外間沙發邊上的高椅子上，翹起腿說，你過來，坐這邊來。

夜航走過去，見到門邊櫃子上有一摞帕克斯洛維德，立刻像饑餓的人發現了食物，正要過去拿，李珍卻伸了伸下巴說，坐。

夜航不敢冒失，眼望著藥，卻只好在李珍對面的沙發上矮矮地坐下了，身子正對著李珍翹起的皮鞋尖。李珍不發話，眼睛直勾勾地篤定地看著夜航，看得他心一路往下沉，胸口像被大石頭悶住了，無法坐直。

李珍說，你想幹嘛，你說。

夜航一驚，我沒幹嘛，就是過來看看。李珍冰冷地重複著，看看，現在看到了？夜航嘴裏不知所措地嗯著，李珍看一眼夜航一直盯著的帕克斯洛維德，說，就是為這個？

夜航想要解釋什麼，卻見李珍一臉輕蔑地翹著下巴，俯視著他，正不知該說什麼好，李珍卻一扭身，迅速坐在了夜航旁邊，腿貼到夜航的腿上，抬起的臉直沖著夜航，突然換了一副架勢，低緩而又柔和地說，你說你，我當時給你發消息你不回，現在又跑過來找我，你賤不賤，人家理你的時候，你不理人家，人家不理你了，你又主動過來。

夜航煩悶地晃著頭說，不是，我只是——李珍頓時打斷他，不是什麼，那你現在走啊，如果不是，你怎麼不走？說完近在咫尺地望著他，呼吸盡打在他的臉上。

夜航非常惱火，但竭力壓著嗓子裏即將噴薄而出的吶喊，一聲不吭。

李珍又壓低著音調說，你倒是走咯，她打量著夜航，緊接著手搭在了他的腿上，說，夜航，我對你可真的很夠意思了，你這樣對我，對得起我嗎？需要藥了，你就跑到我這兒來找我，不需要了，轉頭就像陌生人一樣，這麼現實，真的好嗎？說完另一只手別轉夜航的頭，嘴伸過來要貼住夜航的嘴。

夜航覺得可笑，忙轉過頭說別，別，李珍猛地拍了一下夜航，喊道，別什麼別，夜航幾乎從沙發上彈起來了，他想沖出門去，立刻走掉，但一看到櫃子上的帕克斯洛維德，想起家裏的朱顏，只好又正襟危坐了，他說，我是說你慢一點，李珍說好啊，而後手又向夜航大腿更靠上處挪了挪，夜航搖著手說，不，不是這樣，李珍卻用力扯了一下夜航的褲子，你個男的，到底像不像男的該有的樣子，她摸准夜航的褲腰，把手伸了下去，夜航要躲，她卻不耐煩地嗔怪著，飛速說著，別動，想拿藥就乖乖聽話，按我要的來，不然就直接走人，藥也不要拿了，你說你有什麼好的，有我這樣的女人願意對你好，你還不知足，還想要什麼，說罷已經把夜航的褲子褪下了。

夜航一直覺得煩悶與滑稽，這時才感覺不是鬧著玩的，但他一心想把藥拿走，給朱顏治病，於是就像被卡住了脖子一般難以動彈，然而不論李珍怎麼撥弄他，他都身心冰冷的，完全無法有任何回應，和與朱顏在一起時迥然不同。李珍急躁地說，小小年紀，跟陽痿了似的。

夜航聽了，忽而感到喜悅，雖然仍覺得可笑，但這樣才好，被她這樣認為了，至少她就不會糾纏我了。然而，就在夜航放鬆

神經，覺得安全了的時候，身體卻又有反應了，他恐慌了，然而越害怕，反應越強烈，越想反抗，越堅挺得厲害。

痛苦開始沿著具體的形狀壓向他，他嘴裏像泛著苦臭的氣味兒，不斷往後挪著身子，李珍在他耳邊反復說，不想拿藥了嗎，我給你藥，你要好好對我。

李珍毫無收斂，而是故作跋扈，這讓她的身體在夜航眼裏顯得無比蒼老。李珍的大呼小叫令夜航痛苦，他像一具屍體，橫倒在李珍的沙發上，深陷其中，又被按住、彈起，他的眼睛凹陷在眼眶裏，目光像擠在香港的樓宇中間的模糊的夜空。

李珍完事後，他卻仍在硬挺挺地支楞著，李珍從他身上滿意地爬下去，一臉驚詫與亢奮地說，這麼厲害，還硬著，還不射，要留給誰嗎？說著趴下，用手撥弄，夜航捏住李珍的手，將其移開，默默地穿起衣服，去了廁所，廁所有淋浴的噴嘴，他對著沖洗了很久才出來。

李珍正在沙發上抽煙，李珍仿佛將夜航對她的態度看得一清二楚，她竭力忍著眼底即將冒出的悲哀，微微抽動著腮幫子，眼神像壓抑著隨時可能會傾瀉而出的、正在尋找出口的惱怒。夜航怕激起爭執與不快，藉口鬧肚子了不舒服，說得平穩柔和，李珍見他表情淒慘，淡淡地吸了口煙說，那你走罷，有空再來。

他看了一眼櫃子上的藥，說，行，那我改天再來看你，說著拿起兩板帕克斯洛維德，李珍說，拿那麼多幹嘛，下回不來了嗎？夜航忙說不是，李珍像在按捺著火氣，說，最多拿一板，我還要送人的，下次來再拿，夜航只好滿心屈辱與不捨地放回了一板，他怕李珍又變卦，連一板也拿不走，趕緊逃竄一般地走了。

2

路上，夜航心情古怪，他是個男人，但他竟然有強烈的被戲弄和侮辱了的感覺，這感覺既令他惱火、不認可，卻又非常真實與強烈。他把這一板帕克斯洛維德揣在兜裏，手也一直伸在兜裏按著，生怕它丟失或被搶走似的。

回到美麗都大廈，朱顏正枯坐著，盯著書在看，然而眼神卻紋絲不動，像一直在考慮別的事，見夜航進來，她愣了一下，問，你回來了？

夜航也仿佛驚呆了，直勾勾望了朱顏兩秒，嗯，回來了，藥我給你要來了。

朱顏問，怎麼要來的？

夜航又一愣，沒怎麼要，就那樣——她直接就給了，但說完，他突然很不自然地掀起顴骨和眼角，笑了一下，他忙克制著說，沒事。

朱顏一臉提心吊膽的凝重，你怎麼了，你笑什麼？

夜航指著朱顏的臉，忍不住又要笑時，卻忍住了，說，沒事，我就是覺得——挺好玩，他摸摸朱顏因發燒而滾燙的臉，說，看你擔心的，好像我要羊入虎口似的，說完竟然比劃起了手勢，朱顏一聽，立馬又睜起了眼，緊張地望著夜航，夜航說，別瞎想了，我給你燒水去。

朱顏握著他的胳膊，似有話要說，但見他臉色嚴肅誠懇，就

又鬆手了，他竭力不看朱顏的眼睛，起身去燒水了。過一會兒，他胸口揣著巨大的沉重感，給朱顏倒了一杯水，端到她面前，遞給她兩粒帕克斯洛維德。

當夜，朱顏忍耐著沒問什麼，夜航也什麼都沒說。他怕李珍再聯繫他，在回來之前就退出了手機微信，他仍不放心，又把手機設置了飛行模式，一連三天，他心情煩悶，一直沒有開手機信號，眼看拿回來給朱顏的帕克斯洛維德快吃完了，朱顏自測抗原卻仍然沒有轉陰性。

他在一個清早出門後，打開手機信號，見李珍這幾天每天都發來一堆信息問夜航在幹嘛，為什麼不回復，為什麼不接電話，跑去哪了，拔屏就不認人了，還有好幾個打給他的語音電話，他一看見，就像跌進了無望得救的深谷，恰這時，手機嗡地一下又響了，又是李珍，此刻竟又打來了，夜航心一亂，手機差點摔在地上，他正在碧街的十字街口左右張望著，人跡寥寥的路口，只有他一個人印在白花花的地上的影子，他心亂如麻，卻像前些天在股京居家隔離收到社區的電話時一樣無處可躲，直到那鈴聲和歌聲消失了，他卻又審慎地望著手機，走過了路口，咬咬牙，又將微信語音電話打了回去。

李珍立刻接起了，一接起，就用救火似的十萬火急的語氣沖著他的耳朵大喊，你幹嘛去了這兩天，電話一直打不通！

他連忙安慰說，珍姐，我手機這兩天壞了，一直沒信號，才去手機店修好，李珍不依不饒地說，我看你是正在跟哪個小妹妹鬼混吧？夜航聽罷，登時就預感有可能拿不到藥了，為了叫李珍安心，他趕緊轉換成視頻通話，他說你看，我正在碧街上，只有我一個人，沒有和別人在一起。

李珍看見後，似乎對他的配合挺滿意的，語氣也放軟了些，點著頭說，好，我知道了，那你現在過來嗎？

現在嗎？夜航抬起臉，慘白的太陽從樓角射出來陽光，打到對面樓湛藍色的玻璃上又反射過來，白花花的陽光無情地按在他的臉上，使他無法正常地睜開眼睛。

李珍說，不然哩？你現在不是正好在外面嗎？坐地鐵來荃灣嘍。

夜航想，反正是要去拿藥，不如趁著此次趕緊去拿，爭取多拿幾板，他遲鈍著說，行，那我現在就去，說罷又去了荃灣李珍的辦公室。

辦公室裏仍然只有李珍和小黑二人，李珍見夜航來了，立刻把小黑支開叫他跑業務去，小黑不滿意地瞪了夜航幾眼，走了。

夜航心情沉重，小黑一走，李珍沒說上幾句話，就又逼近過來，夜航心裏厭惡，竭力壓制著自己，做出感激與謙恭的神色，他像被團成一團的展不開的衛生紙，戰戰兢兢，非常憋屈。李珍捧住他的臉，親他的嘴，他別過臉去，李珍近在咫尺的臉登時變了色，滿副威嚴地等待著，他無路可退，只好張開嘴唇，任李珍糾纏。他竭力平靜地配合著，但臉上的痛苦卻隨著眉角不自主的抽搐，難以掩蓋地暴露出來。不是他不喜歡女人，而是這樣的被動情形令他惱火。

事後，李珍親近地貼著他，對他訴說自己的孤獨，訴說她老家貴州的獼猴桃近來因為封控，沒法走物流批發出去，一萬斤獼猴桃就在家裏堆著，訴說他在香港新籌畫的公司難以運轉，因為周轉資金的數量太龐大了，公司半年才被結算一次，然而給員工的工資卻要按月支出，因而她在思忖著是否還開這個公司。

夜航離這些分外遙遠，對李珍的有些話也有好奇心，然而卻無法使用同情心，給她任何實際的寬慰或幫助。他望著櫃子上的帕克斯洛維德，一直默不作聲，愁容難展地按捺著自己，聽著李珍的絮叨，李珍發現後，也不動聲色地忍耐著。

臨走，她又僅僅讓夜航拿走了一板帕克斯洛維德，夜航拿到藥拔腳就走，他既沒有時間也沒有辦法去想明白什麼，他雖然慌亂、愧疚，卻急不可忍地想立刻回去見朱顏，雖然預感見到朱顏後，就會如大禍臨頭了一般，但仿佛只有朱顏面前才是他唯一可以逃去的地方。

他回去之後，朱顏盯著藥，沉聲地問，這次的藥又是哪兒來的？

夜航撒謊說，我找到了一個很偏的藥店，在九龍城寨，這次是在那兒買的。朱顏吃藥的時候，夜航用餘光發現，她一直在安靜地盯著他，但他已經無法再躲閃，痛苦已經壓得他難以忍受，他睜著灰暗無神的雙眼，等朱顏吃完藥，就去洗漱間刷碗了。

接下來幾天，他又去找過一次李珍，李珍越發不再客氣，一看見他，劈面就罵，見他蔫蔫兒地總是不接她的話，惱羞成怒地變著法子奚落他，挑逗他的情緒，用各樣的話羞辱他，他戰戰兢兢，強忍著怒氣，走之前，他想多拿兩板帕克斯洛維德儲備著，李珍張開眼皮說，你放下，誰讓你拿三板的！

夜航用熟人打哈哈的語氣說，姐你就讓我拿罷，就這樣了，我走了。

李珍仍在喝止他，他不再屈服，順勢做出害怕的姿態，逃竄一般狼狽地奪門而出了。然而，回到旅館後不久，砰砰砰，門突然被不間斷地敲響了。

他一驚，朱顏也一驚，他哆嗦著問，誰？門外卻不回答，仍一直在敲。

他和朱顏面面相覷，當他再問是誰時，門外突然大喊一聲，夜航，把門打開！

夜航一聽，像從骨髓裏猛地一哆嗦，頓時渾身冰冷，他無路可逃地往門口艱難地挪動著，最終把門打開了。

李珍站在門口，一眼就看到了屋裏的朱顏，朱顏也驚愕地望著李珍。

李珍徑直沖進屋子，夜航慌忙向一旁閃避，幾乎摔倒在小床的桌沿上，李珍像在自己家一般橫衝直撞，她環顧一圈四周，徑直坐到了小床沿上，瞪著朱顏，夜航扶住小圓桌站好，說，你怎麼來這兒了？

李珍抬起臉，忽而神色老道而輕蔑地笑了一下，說，我怎麼來這兒了？是你對我說你住這兒的，我就跟來了，說罷又緊盯著朱顏。

朱顏臉漲得通紅，仿佛大難臨頭了一般，又仿佛某個重要的東西呼之欲出了一般，也既惶惑又緊張地盯著李珍。

李珍冷笑著，用針紮一般的語氣用力說，沒想到你這兒果然藏著個女人。

朱顏一聽，雙眼猛然一晃，而後哆嗦著垂了下去，臉卻由通紅幾乎漲成了紫色。

夜航既惱火，又恐懼，李珍嘴卻不停，說，你看好你的老公，他可不是什麼好東西，有你了，還和我有一腿。

夜航瘋了一般地大喝著，誰和你有一腿了！李珍仰著臉，像在忍受著屈辱，沒有，那剛才，還有前幾次，算什麼？夜航像已

經一無所有了，不管不顧地大聲說，我只是想要藥，救我的女朋友，你卻不給，還要——，夜航語無倫次，指著朱顏，對李珍說，我非常地愛她，非常愛她，李珍雙眼放光地站起身，嘴角上神經質似地撇著痛苦的笑，迎著夜航的目光，逼問道，你愛她，找我幹什麼，他媽的利用我嗎？！夜航指著李珍說，我們沒有藥，我們弄不到藥，我們沒有辦法的，你知不知道！你竟然還跑來這兒羞辱我們，你走罷！

李珍全身都像在顫抖，她看到了大床床尾的三板帕克斯洛維德，瘋狂地沖過去，一把將它們抓住，旋風一般沖出了屋子，夜航慌忙追著她，來到樓道外的電梯口，李珍見他跟來了，把幾板藥啪地摔在地上，用高跟鞋的鞋跟猛踩猛踩，邊踩邊恨聲說，媽的要藥是罷，我就是不給你們，我就是不給你們，夜航沖上去，想要制止，李珍個頭雖小，力氣卻很大，像拼盡全力推過來的一般，把夜航竟推的跌坐在了電梯口外的藍色垃圾桶上，而後，她撿起那幾板漆皮破裂、癟成了碎渣的藥，一肘子撞開旁邊樓梯間的門，腳步聲像混亂的錘擊聲砸著地板，夜航怔怔地爬起來，見狀也撞進了樓梯間，但腳步聲已經下去了幾層，李珍已經走遠。

夜航下了半層樓，扒著樓梯的欄杆，朝下張望著，一抬頭，朱顏也已經推開樓梯間的門，在上面俯視他，夜航回過神來，正準備上去，朱顏卻扭身走了，夜航跑回房間，想要安撫朱顏，朱顏卻歇斯底里地大喊著，你別碰我，你走開！說完又沖出了門，夜航也趕緊拿了門卡，跟著追出去，出去已經不見了朱顏，他坐電梯下樓後，見朱顏正快步在前頭走著，他忙撞上去，二人一前一後來到街上。

他追到朱顏跟前，朱顏別過肩膀，他又橫在她的身前，攔住

了她，他說我知道你生氣，你聽我把話說完。朱顏像無處逃遁的困獸，乾脆坐在了麼地道口 Seven-Eleven 旁邊的馬路沿子上，眼睛空洞而可怕地呆望著前方，眼珠一動不動，像看不見身前的夜航似的。旁邊的麼地道，像一根模糊不清的彎曲的肋骨，樓的陰影印在空蕩蕩的尖沙咀地鐵站外生銹的欄杆和灰幽幽的地上，像想要仰起來，卻仰不起來的趴在地上哀嚎的脖子。

夜航喘著粗氣，蹲在朱顏面前急匆匆地說，不是你想象的那樣，我完全不願意，我就是要給你弄藥，想讓你好好活著，他搖著朱顏的手和肩膀，朱顏像沉入了僵死的狀態，任憑他怎麼搖晃她，對她說話，都一動不動。他一刻不停地反復訴說著，過了好一會兒，朱顏才像把噎在喉嚨裏的某個東西暫時咽下了，表情卻仍然呆滯，喃喃地說了句，我們分手罷。

夜航一聽，頓時感到一切徹底完了，他自知無望，索性豁出去了，他孤獨無比，沒人能救他，或救朱顏，他心裏熱烘烘的，他說，我是想和你在一起，這不錯，但你能好好活著比我得到你更重要，或者說，比什麼都重要，我想讓你儘快把病治好，其他的事怎樣都行，我沒想著要讓你原諒我，我根本不想發生這樣的事，這些天發生了這麼多事，直到今天的這步田地，我也不知道該怎麼辦了，你要怎樣，我都依你，我最開始根本沒有機會和你相處的，因此對我們的這段關係，我已經感恩不盡，我現在只操心你的健康與安危，等你恢復之後，如果你仍然想分手，我會答應的，但現在我們都是沒有地方去的人，因此要全力以赴，讓你先好過來再說，我並非想要佔有你，不和你在一起我也一樣會愛你，但我有我的苦衷，為了給你弄藥，我忍著，我——

朱顏望著夜航，仿佛在認真地聽，又像完全沒有聽而在想別

的，但夜航說到這裏時，朱顏夢囈一般地小聲說了句，那你還這樣對我，說完她抬起胸口，長長地吸了口氣，目光裏滿是無助地向左右看著，左右空蕩蕩沒有一個人影，她站了起來，夜航像受到了召喚，也小心地站起來攙住她，說，我們先回去罷。她既沒有配合，也沒有拒絕，兩人如在夢遊一般，一路無話，上樓回了旅館。

3

　　一回去，朱顏就躺倒在小床上，拉開被子要睡，夜航說，要不我睡這兒罷，你睡大床上舒服些。他給朱顏拿水喝，朱顏卻推開他，待他把水杯放到桌上後，她自己又去拿起來喝。夜航在小床上，望著獨自躺在大床上的朱顏的後背，終於忍不住爬起來，躺到了朱顏身旁，他伸手要摟朱顏，朱顏卻撥開他的手，向裏挪動著身子，幾乎貼到牆上了，他不敢再動，他想說話，卻覺得任何話語都蒼白無力，只會帶給他和朱顏恥辱。

　　他直挺挺地躺著，胸口又悶又緊，仿佛在隱隱作痛，他用手緩緩地揉著胸口，睜了好久的眼睛終於忍不住合上了，腦海中的圖景，不受控制地變幻著順序與邏輯，越來越混亂，最終佔據了他的意識。

　　不知過去多久，他聽見了哭聲，他睜開眼睛，發現朱顏仍然在背對著他，在小聲啜泣著。他翻過疲倦的身子，摟住朱顏的肩膀輕拍著她，把她別轉過來，朱顏眼裏的淚影在黑暗中閃躍著激烈的光斑，臉上也濕漉漉全是淚水，他用手抹著她臉頰上的淚，她雖然被他斜身摟了過來，卻仍像冰塊一樣，僵直著難以移動的身子。

　　朱顏顫抖著哭聲說，這樣的時期什麼時候才能結束，夜航說快了，就快結束了，朱顏說，我好難受，夜航擦著她的淚說，我也是，我也是，朱顏又說，你愛我，為什麼還做那樣的事，夜航

抱緊她說，對不起，對不起，朱顏幽咽的哭聲仍在死寂的屋子裏轟響著，灌進夜航的耳朵，堆在他的心裏，像沖不出去的悶雷，最後，雷聲終於止住了，朱顏喘著氣，咳嗽著，夜航默默地輕拍著她，她終於睡著了，夜航重新合上眼皮，也睡著了。

　　第二天醒來，兩人都像生怕再提起這件事。朱顏悶不吭聲，早早就起來做早飯了，夜航醒了，見她在燜米飯、蒸藕片，忙去搭下手，然而朱顏卻不理他，也不停下手裏的忙碌。

　　她四肢安靜地坐在夜航旁邊吃飯時，眼神卻極其緊張，表情異常肅穆，像在無法遏制的冥想中，忍受著巨大的衝突與痛苦，夜航實在受不了了，擔心地握了握朱顏的手，她卻猛烈地顫抖一下，趕緊將手縮回去，筷子也掉到了地上。

　　夜航撿起筷子，洗乾淨後遞給她，她遲緩地接過來，半晌才從緊張的神情中跳脫出來，回到現實，眼神中有了一些靈光，她對著垃圾桶咳了一會兒，繼續垂下頭，無比懊喪地扒拉著飯吃。

　　她完全不理會夜航，刷碗時，夜航從身後抱住她，說了聲對不起，她突然就僵住了，任水嘩嘩地一直在流著，她身體卻緊繃繃地哆嗦著，夜航驚詫地搖晃她，卻像搖不醒一般，他要奪過刷子刷碗，這時她手指卻突然堅硬起來，捏緊鋼絲刷不讓他拿走，他嚇壞了，趕緊退縮到屋內，把桌子擦好。

　　他惶恐不安地安慰她，卻毫無效果，只是適得其反，她和他之間像是有一座危險的雷區，他只要一理她，她馬上就要失衡和爆炸。他也膽戰心驚，不知該如何是好。

　　朱顏所忍受的痛苦如此強烈，令他也感到非常痛苦，他們之間的空氣像一堵厚厚的結實的牆壁，他哪怕多說一句話，都會撞到這牆上，再彈回來，鞭笞到自己身上。

他深深地自責，卻無法成功地安慰朱顏，解除或分擔她的痛苦，反而只加重了她的痛苦。她咳嗽得太狠時，他仍然過去照顧她，她受著病痛的折磨，一任他擺佈，無力回擊一般地忍受著，令他十分尷尬，偶爾，她獨自鬥爭完畢，仿佛實在太累了，心態平穩下來時，會突然回光返照似的望著夜航，無聲地笑一下，笑容之淒慘令夜航驚心動魄。

　　愧疚的濃雲重新壓在夜航心坎上，他本想遺忘來自李珍的屈辱，將此事在精神中漸漸化解掉，但一看到朱顏的表情，他就又想起那些事。朱顏的痛苦加重著他心中的罪惡感，他四體如初，並沒有因此事發生切實的變化，此事給他造成的只是精神的傷害，他只想撫平精神的傷口，卻沒想到朱顏如此介意。

　　壓抑感像憑空而來驅散不開的魔影，找不到具體的形跡將之抹除，有時他竭力換位思考，感到自己深深理解了朱顏的痛苦，並能切身感到她痛苦的依據，以及事態並不簡單的依據了，這時他趕忙湊過去，無比痛悔、充滿同情地向朱顏道著歉，然而卻更惹得朱顏情緒分外激動。朱顏像在激烈地與自我抗爭著，卻無法走出，達到某種結果，他不敢再挑動朱顏的情緒，只是按時催她吃藥，最終一切仍如石沉大海，沒有激起響聲，他一腔熱血，誠懇地想解決問題，卻被冰冷地擊打回來，重新身處在了束手無策之中。

　　他一心為了照顧朱顏，然而連朱顏也不搭理他了，一想到可能永遠得不到朱顏原諒，此事可能永遠成為橫亙在他們之間的荊棘，讓他們難以有好結果，夜航就內心黯然，像身處在化不開的暗霧之中。

　　夜裏，他睡不著，寂靜地躺著，一只眼珠像快要熄滅的燈，

擠在枕頭上，另一只像動物的一樣無神，印著眼前灰白的窗簾的輪廓，被子的一角像鞭子，卷在他的肚皮上，他裸露的腿如裹著一層塑膠膜，終於沒有了知覺，夢裏有人如叱吒風雲，叫囂著發不出聲音的吵嚷，不知道是誰，但分明在他的周圍，很長一段時間內卻被他摒棄著，直到某一刻，抓不住的念頭驟然在他的眼前重新劃過時，他才意識到自己醒了，但他困倦得無法再清醒地睜開眼，他在窒息的底部沉潛、滑動，越陷越深，壓在心口與床之間的心跳有力地擠著床單，又縮回去，他不經意翻個身，把僵硬的脖子挪向一旁，堆積了很長時間的睡眠，僅在這一個動作之後就又消失殆盡。他茫然地睜著眼，不明白自己身在何處，他扭過頭看著旁邊的朱顏，瞬間覺得她十分陌生，自己與她的距離十分遙遠，他調理著呼吸，試圖將自己與朱顏遺忘，睡著時，天已經快亮了。

困倦像一種病痛，持續地拖累著他，壓榨著他，卻無法擊倒他，他已經習慣於此，起床後，他越發不願意在這孤獨沉悶的劍拔弩張的屋子裏呆下去了，一起來就出門去繼續給朱顏找藥。

某一瞬間，他在街上走著，忽然會想到，朱顏會不會就此走掉，想到此他心一跳，然而轉念又想，不會，她沒有地方可去，隨後又十分輕鬆和失落。順其自然罷，每個人都有自己的選擇，即便他愛朱顏，擔憂朱顏，終究也沒法把她的痛苦轉移到自己身上，只有盡力把能做的事情做好。想到這一層，他的緊迫感與責任感仿佛又有了堅定的基礎，支撐著他繼續奔走在香港的大街小巷。

回去之後，朱顏果然還在，並沒有突然走掉，她雖然在經受著身心雙重的痛苦，卻一直在竭力隱忍，獨自承受，始終保持著

克制，每每令夜航發現後，心疼不已。她雖然和夜航共處一室，吃著他做的飯和拿回的藥，卻仍然躲著他，不和他說話或接觸，但隨著時光流逝，朱顏被疾病折磨得越來越無暇旁顧了，她緊張的氣管裏仿佛擠滿了人類的痛苦，越發嚴重的氣喘，似乎每天都在爭分奪秒地逼迫著她，她仿佛在更加努力地緊緊裹住自己，心無旁騖地開始靜守著身心，要努力從折磨之中活下來。

深夜，夜航眼看她隔一會兒就爬起來咳嗽幾下，甚至咳出了血，把吃的飯都咳著吐到床單上了，他趕緊把小床的床單取下，給她鋪在大床上，給她拿沙美特羅吸入劑，而後洗淨大床床單掛在了洗漱間的鉤子上，才又默不作聲地睡在了她身旁。

他安靜地看著朱顏與病痛作戰，仿佛死亡近在眼前，他不忍心使朱顏再度受苦，但即便他與朱顏貼得如此近，他揉碎了自己的身心，卻也無法代替她受苦。

他不斷地聯想到死亡，預感到死亡的近迫與真實，生命的鮮活，有朝一日會被完全打破，打破的過程全無上陣殺敵或生死存亡的緊張，而很可能是在這樣的幽閉、靜止的日常環境裏，自然但難以阻止地秘密發生的，想到此，他雙腰的側後方和脊樑骨子就冰涼不已，看不到活著的希望、意義與價值。

死後想必非常孤獨，比現在還要孤獨。但有另一種截然相反的力量也在滋長與敲擊他，那就是，這一切仿佛沒什麼大不了，一切必將發生，無法改變，生活是如此令人厭憎，而他竟然仍在活著，他以往對生活有多殷切，現在就有多麼強烈的虛無感向他壓來，紮根在他的心裏，日夜生長，終日縈繞著他。

漸漸的，痛苦仿佛越發遲鈍，他的眉頭因為終日緊皺，刻上了不能消去的皺紋，憂傷的目光因為終日渾濁，混沌得如凝固了

一般。他變得越來越沉重，沉浸在朱顏日復一日的病痛氛圍裏，無法動彈，也不願再掙扎。

第五章

1

母親已經解除隔離，回了家。母親給夜航發消息說，松針能祛痰潤肺，提高免疫力，松針泡水對支氣管哮喘有緩解作用，香港有大量的馬尾松和山松，夜航對朱顏說，我去山上采松針，今天弄一大捧回來，熬水給你喝，朱顏陰沉著臉，起伏不定的表情像認定了他有罪，仍然會去幹不忠於她的壞事，他不忍心再看，趕緊走出了這空氣僵硬的房間。

夜航坐東鐵到太和轉九巴去了大埔，車沿林錦公路而行，隨著漸入山中，視野越來越開闊，山林間穿梭搖曳在樹枝間的陽光像許久未見面的情人，重新把不再慘白而是柔和的顏色捧到夜航的身前。小巴車外，春天的風掀起他的衣領，吹進他的胸口，他在梧桐寨下了車，一脈青山兀然聳立在他眼前，無數青蔥而細微的枝葉連成山的整體，遮住了面前的半座天穹。

他想起大學時川外操場旁壁立的歌樂山，站在操場上不管哪個位置望去，俱都是巨大的蒼翠壓於臉前，然而，與重慶常常濕漉漉的蘸水的天空不同，香港遠離市區的天湛藍無比，遙遙而開闊，他望著眼前高聳的綠影，長長地舒展著胸脯，吐納著氣息。

他在山下飲用水的水龍頭喝了幾口冰涼的水，沿著小路走向山中。峰隨路轉，樹蔭濃郁，他聽見越來越響的聲音，是山澗隨著路的盤旋在湧動流淌著，澗水越來越靠近道路，能清晰地看見它打著白漩，順著山脊的形狀和山石的凹凸流向遠方。樫木與白

千層濃濃的綠葉懸垂在頭上，山蔥搖曳著粉紅的花伸向澗水，微涼清新的風從他全身劃過，水流寬廣的轟響，在綠葉和風聲中穿行著。

　　他走在山石中，看見一棵馬尾松，站在石坡上剛好可以夠到樹枝，他摘了一小包松針，一根一根齊整地碼好，用布包裹好，他不想急著回旅館，他許久未感受過這樣的寧靜了，這些天來，長時間與朱顏的相處，長時間憂心如煎馬不停蹄的奔走，像打鐵一樣擊打、鍛造著他，此刻在山中，呼吸著山澗、泥土和綠植的氣息，他像回到了真正的自己。他所擁有的遠遠不止與朱顏的關係，他還有著自己的一切，雖然被掩藏起來了。

　　回去的路上，他找到中藥店，買了桑葉、金錢草和菊花，回去後他打開包裹，給朱顏亮了亮裏面的松針，朱顏斜著眼，默不作聲地看了一眼，他不去管她，徑直到洗漱間清洗乾淨松針，用水泡了一會兒，與桑葉、金錢草一起煮好一鍋水，盛在碗中放入冰糖，端到桌上晾得不燙了，遞到朱顏面前，朱顏想別過頭去，但眼看著要灑在床上了，就接過了他遞到嘴邊的碗。

　　淩晨下過一陣短暫的雨，第二天起床，雨已經停了，夜航坐車到西貢東壩，去了浪茄灣的海灘。他步行在沙灘上，身後是低矮綿延的山脊，左側微隆起的高坡外，有島嶼的尖頂在浩渺的海面浮出，他走到海邊的樹林深處，風聲繞過他的耳廓向後飄去，消失在天空的背景中，樟樹被雨水沖刷過的樹葉將水滴灑在他鼻尖和眼皮上，身邊草海桐一蓬蓬半透明的葉片綠得刺眼，黃槿低矮的暗灰色枝幹發著清洗後濃重的亮光，山姜輕薄狹長的葉片頂不住沉重的花朵了，成串花苞從葉片頂端向外彎垂下去，蒼白得仿佛被雨水洗得褪去了顏色。

下午，夜航坐在海邊的岩石上，海浪一次次舔著石頭歸然不動的佈滿苔痕的下角，把它們舔得油亮漆黑，一只死去的歪簾蛤被一只小田雞觀察許久，它小心翼翼地靠近前者，飛速地將其叼走了，遠處海面粼粼的金色波光與湛藍的天空相互拍擊彼此，一艘貨船從山崖外側緩緩飄了出來。夜航分明感到這些無聲地作為一個整體，在向他展開著，不是以言語的方式，而是以另一種直接撞擊著他、進入著他心靈的方式，一種更加本質的方式，攫住而又消解了他的身體與精神。

　　他安靜地久坐著，望著四周，也從目光的背面凝視著自己。痛苦在漸漸融化，變成海水，變成大山雀的鳴叫聲，變成沙土，變成天空如幽壑般狹長的雲，變成看不見但分明嘶嘶地裏挾著他的海風，變成腳邊鑽進地下的一只沙蟹，夜航作為它們的一個部分，深深地身處其中，他無法不真正地暫停自身，暫停憂愁、恐懼與希望，甚至愛情，暫停背叛、不信任和難以拔除的孤獨感、罪惡感，肉體和情緒雖然暫停了，他作為一個人卻沒有消失，而是仿佛在漸漸變成另外一種樣子，另外一種全新的形式在等待著他、召喚著他，他依然無法看到這種全新的樣子的具體輪廓，然而他已經能感受到許多不同，這些不同既像無比堅實，又像十分脆弱，他坐在外界與自身中，靜靜觀望著這些變化，安靜得像一塊有溫度的石頭，思想與七情六欲穩穩地坐落在身上，盤踞在他體內，然而有一個更加根本的東西開始從內向外冒。殘酷的現實仍然橫在他身前，與朱顏的愛情、詩歌都不能解決孤獨的本質，對它們的擺脫也不能，然而，他的精神理想、他想要融入朱顏的渴望、他滿身的桎梏與不和諧，這一切都是真實的，同時，遠處山上一座座別墅連同香港的樓仿佛全部倒塌，身邊的樹也連根枯

死了，山巒被岩漿焚毀，海水乾枯變成灰燼，所有的人紛紛在死去，這些也是真實的，但這些原本壓得他透不過氣的圖景，此刻卻開始融入他，不再以血淋淋充滿哀嚎與迷惑的方式，而是像他此刻的肉身與身邊的沙地一樣真實。

　　晚上，他回到壓抑的旅館小屋，下午的變化仿佛不存在了，他只感到勞累，然而，在退回去的狀態裏，他沒待多久，就發現自己已經變化了不少，和以前真的不一樣了，這種變化是從自身內部生長出來的，他不再像尋找出路一樣孤獨穿梭，而變得像一塊堅硬得難以撼動的頑石，躺在暗夜之中。

　　夜航一連幾天去海邊和山中，有時給朱顏采一大包松針，有時空手回去的。他長時間地徜徉著，踏著腳下的碎石，望著或遠或近曬太陽或爬山的人，他的目光隨意停留在某處，望向山坡上的黃葛或木棉，又移向另一處，他在它們之中看到自己，也在自己之中看到它們，以往灼燒他的渴念，在行走、冥想與沉吟中如片片落羽，被他丟棄，他在精神的隧道中，仿佛照見了自身與世界更多本來的面目，以往每種單獨存在的經歷、思想與情感，開始因為重要性的不同，穿透表面的瞬間，而以更長遠的意義歸於應有的位置。他仿佛觸摸到了自己作為肉身之軀與自己的精神之間的真正關係，他在靜觀之中變得更加自持，他與朱顏遭遇的痛苦已不再隨時沖昏他的神經，他雖然仍像斑駁的影子，漂泊在無法確定的命運之河上，卻更加堅實地將自己囚禁在了身體的牢籠內部，耳聞目睹的荒誕之事，已不再像輕易襲擊他的驚濤駭浪，而被他如卷軸一般卷好，收入了囊中，痛苦如沉重的結石，生長進他的內部，沉甸甸地沉潛了下來，不再難以容忍，讓他絕望或憂傷，不再需要以情緒的揮霍得以解脫，甚至不再需要解脫，他

與世間萬物、身邊的一切有了真實平等的關聯。他什麼都沒有失去，他近來照顧朱顏而產生的疲累、不寧，獲得的經驗、折磨，一切都在，但仿佛演變、生長得更為完整了。

他發現自己一點也不軟弱，而是已經做足了準備，在與朱顏的關係的經歷中，他承受了以前從沒有經歷與承受的，當這些真地發生在他身上時，他所能做的，遠比他之前所能想像的要多得多。這一刻的精神，漸漸定格在了他的身體和心靈上，他感到自己正在走向一個整體，從頭頂、髮梢到腳趾、腳跟，每個地方都在漸漸地統一，這種統一不再需要解釋或想明白什麼，然而也並非是逆來順受，而像是一種雖不和諧，但自在、統一的存在。

他變得越來越容易滿足，簡單、樸素的寧靜，開始真正地給予他寬慰，生命的許多細節，開始波瀾不驚但明察秋毫地進入他的視野。他根性中的浪漫、渴望等不穩定因素，被稀釋進了更寬廣的體魄之中，壓在身上的負擔，使得他的肩膀和身板更粗糙、更硬實了，它們不再是寄託或未來，而是此刻的生活本身，是他這個人本身，是他與朱顏合居的屋子，和每天都能見到的朱顏。

回家後，他給朱顏做絲瓜蘆筍、茶樹菇西蘭花、蔥香白菇與冬筍燉山藥，他不再過多地關注朱顏的表情與舉止，對它們也不再配合，而僅僅站立在自己的腳跟上，一如既往地做他應該做的事。

朱顏對他的這些看似細微卻實則重大的變化，開始有所察覺，朱顏並未惱火或驚慌，在默默之中，她雖然與他仍然隔膜甚深，卻也像開始逐漸卸掉著與他是否忠貞有關的糾葛，開始真正地走向沉靜。

朱顏大部分時間仍在回避他，然而，有時她也會悄悄地看看

他在幹什麼，像在小心地守護著目前的和平。

　　她漸漸地開始重新容忍他觸碰她。他試探著，開始重新愛撫她，它們之間隱形而巨大的荊棘仍然沒有消除，只要稍微觸碰，就能被彼此感到，有時他們試探著去拆除，一瞬間又像回到了過往，然而他們很快發現，這並不是過往，而是另一種新的階段，新的生活。他們似乎達成了默契，在這樣的沉默中，他不再需要用浪費時間換得安寧，她也因為察覺到了不同，開始悄然迎接新的氛圍。

　　照顧朱顏的間隙，他又開始寫詩了，以往概念化的閱讀與思考，現在以生命本身的面目，開始直接從寂滅的黑暗之中凸顯而出，他甚至不拿電腦寫了，而是乾脆在紙上寫，他以沉穩、持久的心靈的新鮮感，不斷解開著自身的束縛，頑石般的痛苦已不再有表面的波瀾，而像被取走了所有核外電子，原子核濃縮起來堆積在一起，六感從沉重的心靈出發，靜悄悄地伸向四面八方，像毒蛇的信子從黑暗的深處掠過，然後收回，攫住重要之物，他將荒誕的現實與精神削斷，嚼成粉末，吞進體內，毒酒在他細微的毛髮中穿行，他向著幽冥般無法預料的精神深巷滑翔挺進，原本不屬於他的外物也開始紛紛踏進他的精神陣營，它們不再需要表面的修飾，而是越來越自成修飾，雄奇天然、帶有生命本身特徵的語言，像閃電一般迅速而原封不動地從靈魂的底部走出來，化成詩句，世界的隱秘被他無情地汲取著，透過肉體的張力流瀉於筆端，他向著紙張迅猛綿密而又安靜地展開生命，像個應戰的巨人，一聲不響地與命運進行著反復的邂逅廝殺，一首首詩以熠熠閃光的全新形式被他寫出，死亡的力量仍然在壓抑他，然而他卻已不為所動，他非但沒有妥協，反而在無聲之中變得更加有力，更加寬容。

2

　　朱顏好幾天沒出門了，她的病況仍然沒有好轉，每天腦門滾燙，嘴唇四周也滾燙，蜷著身子兩腳互相接觸時，腳也是燙的，鼻子堵著，嘴每吸一口氣就十分乾燥，將要噎住似的，肺上如綁著兩個甩不開的啞鈴，腰是軟的，腿也是軟的。

　　這些天，夜航一直沒有停止聯繫醫院，雖然疫情高峰已經過去，但每間醫院都是幾名護工照顧著幾百個病人，所有能用的病房幾乎都改成了新冠病房，醫護天天有被感染和離崗的。政府宣佈中小學即將分批次全面複課，餐館也在今日恢復了晚間堂食。

　　晚上，夜航攙扶朱顏出門，走在河內道與赫德道上。今天是週五，往日這裏每到週五晚上，就有許多穿得簇新發亮但看起來卻像流浪漢的男女們，在酒吧之間往來竄動著，音樂聲交雜在街上，每路過一間酒吧，就撲出來一股不同的音響，整條街像充滿熱浪，臨街屋簷下敞開的門洞的座椅上，坐滿了喝酒聊天的人，今晚這些往日的喝酒大軍已經出來了，他們幾人一堆兒蹲在或站在馬路上張望著，成排的計程車又亮起尾燈，徐走徐停地追隨著飲酒者的腳步。

　　夜航與朱顏繞開他們，重新來到尖沙咀海邊。剛剛解禁，海邊尚且人煙較少，酒吧也沒有開門。

　　這是他們剛開始交往的地方，在這裏他第一次擁吻了朱顏，四個多月過去了，香港春末夏初的風涼絲絲的依然如那晚一樣，

不同的是，今晚只有孤單佇立的路燈陪伴著他們。

他們站在欄杆邊，凝視著對岸，朱顏氣色憔悴，海風吹起她飄飄忽忽的頭髮，和她望著大海的細細的眼神一起，在夜航面前起伏著。

過一會兒，朱顏輕聲問，我們什麼時候能正常回大陸。

這是許久以來她第一次對他說話。他沒有吃驚，他說，應該在度過這個時期之後吧。

朱顏像在問，又像在喃喃自語，這個時期什麼時候能度過。

夜航說，也許很快，也許很漫長。

這時，一個只穿胸衣和內褲的年輕女子，踉蹌著雪白的身子從遠處跑來，在離二人十幾米處的欄杆外斜坡踏板上躺倒了，兩個矮個子男青年追上來，圍在她旁邊，像怕她掉進水裏，朱顏和夜航望著三人，女子仿佛喝醉了，用粵語喊著你們都走，走呀！過一會兒，飛奔來幾個穿橘紅馬甲的救護員，把女子拽起，警察來了，將女子圍在打烊的酒吧的前墻根上，用手電筒的光照她，警察問身份證呢，女人蹲下仍在喊你們走呀，莫照我呀！有警察從身後給她披上了警服，來了輛救護車，兩個男青年仿佛與她並不熟悉，先走了，警察與救護員把女人硬抬上擔架綁上了帶子，她喊著去醫院我也不會給錢，我不會給錢，眾人仍把她抬上了救護車，一發開走了。

夜航與朱顏驚愕地望著遠去的車影。夜航半認真半戲謔地說，咱要不也這麼幹，准能把你送進醫院，搞到床位。

朱顏顫抖了一下，像在無聲地輕笑，搖著頭說，我幹不出這種事。然而，夜航卻像開始認真地思索起來。

夜裏，朱顏睡著後，夜航悄悄爬起來，他拉開窗簾，在窗前

站了許久。接著，他轉身從衣服裏找到了一件自己的白色T恤，他安安靜靜地坐在小床上，用剪子剪開袖口和後背，將T恤剪成了一個長方形布條。他用剪刀挑破右手食指，黑暗中血以仿佛濃黑的顏色湧出來，他把白布鋪在窗臺上，借著窗外微弱的光線，在布上一筆一劃寫著，「陸生：哮喘＋奧密克戎＝急需床位」。

血幹了，寫不出筆劃了，他又用剪子紮一下，血重新滴出，他在布上繼續蹭著，寫著，抽搐一般乾裂的疼痛聚集在指尖，陌生的痛感揪住他的心口，從手指和緊縮的胸口向外蔓延著，他又在下方寫了「救救我女友」和三個感嘆號，齊整地寫完後，他舉起白布，嘲笑一般看著，字跡雖然歪斜，但是寫得清清楚楚。

不用怕，明天絕不能死，也不會死，但必須這樣做。就算冒著死的風險，也要做。

他放下白布，望向窗外，夜色中蘊含著月光被稀釋後的金黃色，朱顏的臉熟睡在這微弱的光線中，鼻息的呼吸之間，流淌著滾燙的熱氣。夜航斜倚在床頭，靜靜地等待著。

天亮了，幽藍的晨光漸漸掙脫黑夜的束縛，將越來越亮的光線滲進屋子。夜航睜開眼，精神抖擻地坐起來，他洗了一把臉，靜悄悄然而深情地吻了吻朱顏的額頭，而後，他拿出夜裏剪好的兩根布條，每條的一頭系在床腿上，另一頭結實地系在朱顏的手腕上。

他吻了吻走前母親給他掛在脖子上的南陽福豆玉，把窗戶推開，坐上了窗臺，面向窗外，舉起了白布。

他沒幹過這樣的事，他滿臉嚴肅，深深地吸氣吐氣，再吸氣，直到調整好呼吸，小聲地喊了一句，救救我女朋友，她有哮喘和奧密克戎，需要床位，救救我女朋友！

他像嘗試一般，喊了兩遍，而後開始打開喉嚨，放開嗓音，一聲聲地長聲大喊起來，喊聲轟響在這棟樓和對面樓之間狹窄的高空，朱顏被驚醒了，她表情異常驚詫，她發現手被綁上了，無法起身，也無法移動，待她徹底清醒過來，看懂之後，她嚇壞了，對著坐在窗口的夜航驚呼著，你幹嘛，快下來，你在幹嘛！

夜航容光煥發，聲聲喊著，他高高地坐在彌敦道與麼地道的拐角上，右前方彌敦道的兩排高樓彎曲著，伸向遠處的海水，海對面蒼茫的山脊，在晨光中漂浮著，冷清的樓下，有路人聽到呼喊，開始駐足。

夜航回過頭，容光煥發地對朱顏說，別擔心，我不真跳，但你放心，很快就會有人上來，這次一定讓你進醫院，接著，他仿佛真可能掉下去似的說，但我怕萬一有閃失，所以有話對你說，我能跟你走到今天雖然也有煩惱，但我充滿感恩，我背叛過你，你為此痛苦不堪，我全看在眼裏的，這事讓我自己也忍受著巨大的悲痛，我希望把它洗刷掉，不再成為亙在我們之間的陰影，我希望得到你徹底的原諒，如果能跟你繼續走下去，我必終我一生如現在一樣珍惜你，你先安靜躺著，我能為你做的也許不多，但今天我一定要豁出去，給你弄到床位。

朱顏聽罷，一怔，接著顫巍巍像說不出話來，只是氣喘，淚水卻開始不斷湧出眼角，她拼命從嘶啞的嗓子擠出聲音說，你快回來，我不怪你了，先回來再說，夜航說，你先別說話，不然又要咳了，再等一下就好了。

朱顏的淚水在眼眶裏，像琴聲已止仍顫在琴弦上的尾音，許多淚水爭相湧出，滑落在頭髮上，掉落到枕頭上，夜航開始重新大喊，救救我女朋友，她有哮喘和奧密克戎，需要床位，救救我

女朋友！

　　樓下的人們舉著手機，向上拍照錄影，夜航感到眩暈，他望著窗下深淵般層層的樓窗和底層的街道，眼裏閃動著希望似的亢奮，他扶住窗櫺，凝望著陽光下深黛色的遠山，仿佛將被這陽光吸走了一般，山的綠色披在他的身上，注入他的血液，他的內心也像山一樣寬廣高大起來，這一瞬間的壯觀，如整個人生，凝聚著集中在他眼前，生命的勇氣、力、愛與美，全部沖進他的體內，他渾身噴射起熱烈的火焰，他一下子感到了永恆的整體，然而只這幾秒鐘已經壓得他透不過氣，強烈的幸福感搖晃著他的神經，他看到警察出現在人叢中，接著昨晚的橙紅馬甲也在身下奔跑，他仍聲嘶力竭地喊著，忍受著額頭上不斷湧現的眩暈，陽光刺得他睜不開眼，時間模糊得沒了長短，他像音樂一樣漫溢在空中，花花綠綠的過往沖進他的音樂裏，又跳躍著離開，輕飄飄地甚至不再跳躍了，他晃動了幾下，就在身後出現強烈的捶門聲，朱顏仍高喊著回來呀，放我下去呀，門砰地被撞開，有人抬著擔架沖進了這墳墓般的房間時，他終於徹底鬆了氣，垂下頭，呼嘯的風環繞著他的聽覺，在向前的猛衝中，他的心猛然向上提起，耳邊驟然充滿風聲，接著砰的一聲巨響和閃動，一切全都關上了。

3

　　當尖沙咀的海面再次鋪滿血一般的晚霞與光影時，朱顏已被送進了伊利沙伯醫院的重症病室。一個月後，朱顏躺在病床上，醫生走進病房，給她做完必要的檢測後，說，明天你就可以出院了，說完走出了病房。

　　門開了，夜航帶著白色的陽光走進來，坐在了朱顏床邊。

　　是做夢嗎？不是。夜航沒有死，他摔下去時，掉進了警察布好的網兜裏，頭磕在毯子上，輕微腦震盪使他暈了過去，胳膊也骨折了，現在他已經和朱顏一樣痊癒了。

　　夜航躺在朱顏旁邊，挨著窗戶的另一張床上。兩張床之間雖隔著一段距離，他們望著彼此時的眼神，卻像偎依在一起時一般安寧。

　　朱顏打開手機，看到有人發來消息說，聽說你男朋友死了，是真的嗎？有人說，聽說你男朋友火了，真羨慕啊，她把這些人的微信一一刪除，他在手機裏給夜航發消息，說了此事，夜航的手機叮鈴響了，朱顏和他離得雖然近，二人卻都不願意說話，仿佛不願打破這寧靜的氣氛，夜航看完，回消息說，親愛的，這些不重要，明天我們就一起出院了。

　　朱顏抿著嘴，微微笑了一下，望著夜航，兩人枕著各自的枕頭，窗外射進來打在他們臉上的陽光，雖然和他們大病初愈的臉色一樣蒼白，然而蒼白之中卻蘊含著溫暖、生命、希望與未來。

後來，夜航和朱顏過得怎麼樣，是留在香港工作生活，還是返回了大陸，甚至兩人是否還在一起，這些我們並不知道，但我們每個人，一定都有著對他們不同的希望，就像對我們自己的希望一樣。

初稿畢於 2022 年 9 月 30 日

修改畢於 2022 年 12 月 31 日

國家圖書館出版品預行編目

愛情與雙重的牆 = Love and double wall / 王東
岳著. -- 臺北市：獵海人, 2023.05
　　面；　公分
　　ISBN 978-626-97026-9-5 (平裝)

857.7　　　　　　　　　　　　　　112007695

愛情與雙重的牆

作　　　者／王東岳

責任編輯／豆鵬麗

出版策劃／獵海人

製作銷售／秀威資訊科技股份有限公司

　　　　　114 台北市內湖區瑞光路76巷69號2樓

　　　　　電話：+886-2-2796-3638

　　　　　傳真：+886-2-2796-1377

網路訂購／秀威書店：https://store.showwe.tw

　　　　　博客來網路書店：https://www.books.com.tw

　　　　　三民網路書店：https://www.m.sanmin.com.tw

　　　　　讀冊生活：https://www.taaze.tw

出版日期／2023年5月

定　　　價／320元